奥州小道

[日] 松尾芭蕉 著
郑民钦 译

中国出版集团 现代出版社

图书在版编目（CIP）数据
奥州小道 / （日）松尾芭蕉著；郑民钦译. —北京：现代出版社，2020.3
ISBN 978-7-5143-8068-2

Ⅰ. ①奥…　Ⅱ. ①松…　②郑…　Ⅲ. ①散文集—日本—现代
Ⅳ. ①I313.65
中国版本图书馆CIP数据核字（2019）第265698号

奥州小道

作　　者：［日］松尾芭蕉
责任编辑：申　晶　朱文婷
出版发行：现代出版社
地　　址：北京市安定门外安华里504号
邮政编码：100011
电　　话：010-64267325　64245264（传真）
网　　址：www.1980xd.com
电子邮箱：xiandai@vip.sina.com
印　　刷：北京瑞禾彩色印刷有限公司

字　　数：143千字
开　　本：880mm×1230mm　1/32
印　　张：7.75
版　　次：2020年3月第1版
印　　次：2020年3月第1次印刷
书　　号：ISBN 978-7-5143-8068-2
定　　价：56.00元

目录

纪行文·日记

俳文

纪行文·日记

野曝纪行[1]

"千里行旅不备粮，[2]三更月下入无何。[3]"仗此古人之言，于贞享甲子秋八月[4]携杖出江畔之破屋[5]，却闻风声呼啸，寒气袭人也。

此身或将曝荒野，
秋风袭人透心寒。

江户十秋送流光，

1　亦称《甲子吟行》等。芭蕉于贞享元年（1684，甲子年）阴历八月从江户出发旅行，沿东海道而上，去伊势，回故乡伊贺，前往吉野山、美浓大垣、尾张热田、名古屋，年末再次回乡，然后去奈良、京都、大津、热田、名古屋，过木曾路、甲州路，于翌年四月底回到江户，历经九个月。此为芭蕉第一篇纪行文，大约完成于贞享三年下半年。

2　此句源自《庄子·逍遥游》："适百里者，宿舂粮；适千里者，三月聚粮。"

3《江湖风月集》收偃溪广闻和尚偈《褙语录》云："不赍路粮笑复歌，三更月下入无何。"

4　贞享元年（1684）阴历八月。

5　指结庐于隅田川畔的陋屋芭蕉庵。

反指他乡是故乡。[1]

过关[2]之日降雨，山皆隐于云中。

寒雨不见富士山，
雾里情趣别一番。

某氏[3]千里，伴余同行，百般照顾，精心尽力。平素即为莫逆之交，对友信笃之人[4]。

挂念深川芭蕉树，
交与富士且上路。　　（千里）

行至富士川[5]边，见一约三岁弃儿哀哀哭泣。双亲欲将孩儿弃置于湍流之中而不顾，以图熬度艰辛之世事，于心何忍。人命既如朝露，焉能不予留待。小草秋风[6]，

1　芭蕉在江户居住已十三年，此次回乡，却又怀念江户，反指江户为故乡。刘皂《渡桑乾》（一说贾岛）诗云："客舍并州已十霜，归心日夜忆咸阳。无端更渡桑乾水，却望并州是故乡。"

2　指箱根之关隘。

3　指苗村氏，通称粕屋甚四郎。大和葛下郡竹内村人，居住在江户浅草。芭蕉门人。

4　源自《论语·学而》："吾日三省吾身，为人谋而不忠乎，与朋友交而不信乎，传不习乎。"

5　流经甲斐、骏河的河流，注入骏河湾。日本三大急流之一。

6　源自《源氏物语·桐壶》："冷露宫城野，凄风摇凌胡枝子，孤零寒秋夜。"此处"小草"即胡枝子。芭蕉以秋风中的小胡枝子比喻弃儿的命运。

《富士三十六景　骏河萨多之海上》

若非今夜凋零，便于明日枯萎。欲从衣袖中取食物与之，不禁叹曰：

听得猿声悲，
不堪弃儿秋风啼，
谁个更惨凄。[1]

然汝缘何为父所恶，为母所厌？非也。父不恶汝，母不厌汝。此乃天数所定，唯哭汝之运乖命蹇。

过大井川[2]时，终日下雨。

秋天雨潺潺，
屈指数算离江户，
今到大井川。　　　　（千里）

马上吟。
路旁木槿花，
马儿吞食它。

阴历二十有余，月色朦胧，山麓昏暗，马上垂鞭，

1　郦道元《水经注·江水》篇："巴东三峡巫峡长，猿鸣三声泪沾襟。"杜甫《秋兴八首》有"听猿实下三声泪"句。此句意为：闻猿断肠的诗人们听到弃儿在秋风中悲泣又是什么心情呢？
2　流经骏河、远江境界的河流，注入骏河湾。

行数里未闻鸡鸣，如杜牧《早行》[1]之残梦。竟至小夜中山，[2]突忽惊异。

马背蒙眬眠，
惊醒晓梦残。
淡月衔远山，
家家起茶烟。

松叶屋风瀑[3]亦在伊势，访之，约居十日。余身无寸铁，唯脖挂褡裢，手持十八念珠。似僧若俗，似俗无发。余虽非僧，亦视为浮屠之类，不许入于神前。[4]日暮乃向外宫参拜，外侧之牌楼略显昏暗，佛前供灯随处可见。诚如“顶峰松籁”[5]沁入身心，感激殊深。

晦日无月黑暗中，
狂风裹抱千年松。

1　杜牧《早行》：“垂鞭信马行，数里未鸡鸣。林下带残梦，叶飞时忽惊。霜凝孤鹤迥，月晓远山横。童仆休辞险，时平路复平。”

2　静冈县南部挂川市的日坂岭与金谷町之间的东海道山路，崎岖曲折，两边深谷。此为歌枕（即古来和歌中歌咏过的名胜）。

3　伊势渡会人，号垂虹堂，居住江户，当时正回乡。编著有《一楼赋》《丙寅纪行》。

4　“无发”，指未束发。未束发者被视为与僧侣同类，不允许进神官内参拜。

5　芭蕉在此想起西行法师的和歌：“深入探寻神路山，顶峰松籁下山来。”西行（1118—1190），平安、镰仓时代初期的僧侣、歌人，俗名佐藤义清，法名圆位。曾仕于鸟羽上皇，任北面武士。二十三岁时，感悟人生无常，入高野山为僧。《新古今集》收录他的和歌达九十四首。著有《山家集》。

一水流经西行谷，[1] 见数人女子洗芋头。

数人女子洗芋头，
西行若见应作歌。

是日归途，顺入茶店。一名"蝶"之女子持白绢来，索求姻缘其名之发句[2]，因书曰：

兰香熏蝶翅。

访闲人[3]之茅舍。

红叶已染常春藤，
四五竿竹动秋风。

九月初，回故乡。北堂萱草已霜枯，[4]如今踪迹缥缈。诸事变迁，兄弟姐妹皆两鬓斑白、皱纹堆额。唯言"苟活于世"，别无他话。兄长[5]解开护身符袋，言"此乃先

---

1 此句指五十铃川流经神路山南面山谷，此地为西行隐居之地。

2 长连歌、俳谐连句的第一句，由五七五共十七个音节组成。有的可以独立成诗，是为"俳句"。

3 闲人，意为脱俗清雅之人。此处指庐牧，伊势人。

4 源自《诗经·卫风·伯兮》："焉得谖草，言树之背。""谖草"即萱草，"背"即北堂。古时母亲多住北堂，种植萱草。芭蕉的母亲已于天和三年（1683）去世。

5 芭蕉兄长松尾半左卫门。

母白发，拜之。如浦岛太郎打开玉匣，[1]汝亦双眉皆白，老矣”。遂相对而泣。

手捧亡母发。
热泪洒落应消融，
遗爱感秋霜。

行至大和国，葛下郡竹内[2]乃千里之故乡，小憩数日。

弹棉弓似琵琶声，
竹丛深处慰旅情。

诣二上山当麻寺，见庭院古松[3]，约逾千年，大可蔽牛。[4]树虽无常，亦蒙佛缘，得免斧斤之罪，[5]幸甚喜哉。

僧侣、牵牛花，
几代轮回已生死，
缘佛古松在。

---

1 日本民间故事，讲述了一个名叫浦岛太郎的渔夫骑海龟进入龙宫，在龙宫居住三年，享尽荣华富贵的故事。渔夫回去时，龟公主送给他一个玉匣，嘱咐其不可打开。但渔夫回家后，破戒打开，结果变成了老头。

2 今奈良县北葛城郡当麻町竹内。

3 即与中将姬传说相关的“迎客松”。

4 源自《庄子·人间世》:“匠石之齐，至于曲辕，见栎社树。其大蔽数千牛……”

5 源自《庄子·逍遥游》:“不夭斧斤，物无害者。”

独入吉野深处，果然山深峰陡，云遮雾障，烟雨蔽谷。樵夫小屋，随处可见。西边伐木，东边回响，各寺钟声悠扬，荡漾心底。自古有忘世之人，入于此山，大抵隐遁而潜心于诗歌。此山比为唐土之庐山，亦适宜也。乃借宿寺院一夜。

愿求宿坊妻，[1]
敲打砧杵捣衣声，
秋旅慰凄寂。

西上人之草庵[2]遗址于后殿往右，沿樵夫出没之小径，拨深草前行约二町[3]，见草庵隔险谷深涧与山峦相对。滴答清水，[4]如今依旧，滴落岩间。

清水滴答落岩间，
试以洗濯俗世尘。

倘若扶桑有伯夷，定必漱口；[5]倘将此处告许由，定来洗耳。[6]

---

1 吉野山有妻带寺，进山参拜的香客可住宿在寺院里，其住处谓宿坊。

2 西行隐居的草庵，当时称为西行堂、西行庵室。内有西行画像。

3 日本长度单位。一町约为109米。

4 西行吟咏此地，作和歌：“青苔清水流，滴答落岩间。清水用不尽，择此结草庵。”

5 殷人伯夷反对周武王伐商，武王灭商后，伯夷逃避首阳山，不食周粟而死。

6 相传尧欲将君位让给许由，许由逃至箕山。尧又请他任九州长官，他到颍水洗耳，表示不愿听到。

上山下坡，不觉秋日倾斜，诸多古迹未能遍访，然须先拜谒后醍醐帝陵寝。[1]

陵寝经年已荒芜，
萋萋慕草何思慕？

由大和经山城，入近江路，至美浓。过今须、山中，有常盘冢。[2]伊势之守武[3]云“秋风似义朝”，[4]究竟何处相似？余亦吟一句：

寒秋风萧森，
颇似义朝心。

不破
昔日不破关[5]，
一片田畴竹萧萧，
秋风绕野寒。

---

1 后醍醐帝，即第九十六代天皇。建武新政后，与足利尊氏对立，逃至吉野，建立南朝，最后病死吉野。其陵寝塔尾陵在吉野如意轮寺的后山。

2 传说源义朝爱妾常盘御前逃往东国途中，在山中为盗贼所杀。

3 即荒木田守武(1473—1549)，伊势神宫内宫神官，被尊为“俳谐鼻祖”。《守武千句》是日本第一部俳谐集。

4 守武连句：“仰头望明月，常盘故里挂天空，秋风似义朝。”

5 位于岐阜县不破郡关原町，日本古代三关之一。平安时代废弃。

夜泊大垣，宿木因[1]家。离武藏野上路时，已怀野曝之心。

启程上路时，
已怀野曝心。
至今未毙命，
暮色正秋深。

在桑名本统寺[2]
雪里红牡丹，
听闻白鸻鸣海边，
恰似冬杜鹃。

不愿旅次贪眠，天色昏暗未晓之际，起身来到海边。

天色未破晓，
漫步到海滨。
网里一银鱼，
一寸照眼明。[3]

1 谷木因，大垣的货船批发商，与芭蕉同为北村季吟门下。

2 桑名，在三重县。本统寺，东本愿寺别院，方丈琢惠是东本愿寺琢如上人的次子、北村季吟门下的俳人。

3 杜甫诗《白小》："白小群分命，天然二寸鱼。"桑名地区将银鱼称为"冬一寸春二寸"。

诣热田[1]。神社残破，泥墙坍塌，杂草丛生。有绳子拦围之处，以示此乃末社[2]遗址。亦置有几处石块，言此为某神。艾蒿、慕草芊绵繁芜，反比崭新完整之神社更诱人心。

慕草亦枯槁，
茶店买年糕。

名古屋途中吟
放浪寒风吟狂句，
此身可似竹斋否。[3]

羁旅枕边闻犬吠，
寒雨濡湿声寂悲。

信步赏雪
集市顾客哟，
我卖这顶雪斗笠。
斗笠多风雅。

1　指热田神宫、位于今名古屋市。
2　末社，大神社属下的小神社。
3　江户时代的滑稽小说《竹斋》描写京都的江湖郎中竹斋一边吟咏狂歌一边四处行医，但由于对狂歌过于热心，病人不敢找他看病。结果在前往江户途中，破帽敝衣，穷愁潦倒。“狂句”乃俳谐的别名，与“狂歌”相对应。

观旅人
今晨雪景多清朗，
马也情趣细端详。

海边日暮
海边暮色薄，
野鸭声微白。

随处解草履，弃手杖，风餐露宿，不觉岁暮。

不觉岁已暮，
斗笠草履行一路，
餐风又宿露。

如此一路行吟，回乡[1]过年。

谁家新女婿，
羊齿年糕驮牛背，
匆匆赶路去。[2]

1 指芭蕉的故乡伊贺上野。

2 伊贺风俗，过年时，新女婿将铺垫着羊齿的“镜饼”（圆形大年糕）送给岳父母。芭蕉从此景感觉到故乡的亲切。那年是丑年，日语的“牛”与“丑”、“驮”（负）与“赶”（追）同音，“赶牛”即“赶年”。使用双关语是贞门俳谐的技巧。羊齿，作为吉利的象征，正月时装饰在门上。

《六十余州名所图会　伊贺　上野》

往奈良道上
春光挡不住，
野山无名亦透绿，
淡淡笼霭雾。

在二月堂[1]
凛冽冰冷夜，
众僧修行来汲水，
踢踏听木鞋。[2]

往京都，访三井秋风之鸣泷山庄[3]。

梅林
白梅花娇娆，
不见仙鹤步林间，
莫非昨被盗？[4]

任凭百花夭，

1 奈良东大寺二月堂。修二会期间，允许善男信女宿寺斋戒祈愿。

2 从阴历二月一日起十四天，东大寺僧侣十多人居住在二月堂里，进行修行，称为“修二会”。第七天和第十二天的半夜，举行从二月堂前面的若狭井里汲水的仪式，称为“灵水”。木鞋，指僧侣穿的用扁柏木做的厚底木屐，在内殿的通道上奔走发出急促响亮的声音。

3 三井秋风（1646—1717），生于伊势松坂，京都富豪，谈林派末期的著名俳人。在京都西北郊外的鸣泷（今右京区）建有别墅花林园。

4 援引隐居西湖孤山的北宋诗人林和靖梅妻鹤子的典故。

橡树矗立自超然，
主人格清高。

逢伏见西岸寺任口上人[1]
但愿伏见桃花露，[2]
滴落滋润我衣服。

前往大津，翻山越岭。

翻山忽见紫地丁，
不禁可怜撩温情。

眺望湖水[3]
辛崎湖畔松，
更比花朦胧。[4]

在水口[5]，重逢阔别二十年之故人。[6]

1　西岸寺指东本愿寺派西岸寺。任口是该寺第三代住持宝誉上人的俳号，谈林派著名俳人。

2　伏见是桃的产地。此处芭蕉以盛开的桃花赞誉任口上人的崇高品德。

3　指琵琶湖。

4　大津北边约四公里的琵琶湖西岸的"辛崎松"是近江八景之一。此处的"花"应指在古代和歌中著名的长良山的山樱。

5　大津至龟山之间的东海道驿站，位于滋贺县甲贺郡水口町。

6　"故人"指芭蕉的同乡、门人服部土芳。芭蕉回乡时，他在播磨，回乡后又一路往京都追赶芭蕉，不意在水口与芭蕉邂逅。

两命存斯世，
廿年邂逅亦奇缘，
樱花烂漫时。

伊豆国蛭小岛[1]之僧[2]去秋即始云游，闻余之名，愿于旅次相伴，遂追随余之行踪至尾张国。

若想结伴行，
麦穗充饥忍艰辛。

此僧告余，圆觉寺之大颠和尚[3]已于今年正月初迁化。闻之如梦，遂于道中作书报与其角[4]。

白梅可追慕，
热泪洒溲疏。

1 静冈县田方郡韭山町一带的古称。

2 指斋部路通。路通已于当年春天在膳所松本（今大津市）入芭蕉门下，后亦到尾山。

3 大颠和尚，镰仓圆觉寺住持，隐退后居伊豆韭山净因寺。贞享二年（1685）正月圆寂。他是其角参禅之师，又是其角的俳谐门人，俳号“幻吁”。

4 宝井其角（1661—1707），江户时代前期俳人，别号宝晋斋、晋子等。在江户从医。芭蕉最早的弟子，江户蕉门重镇。其住所在江户深川木场。有句集《花摘集》《其角十七条》等。

《名所江户百景　深川木场》

赠杜国[1]

蝶恋白罂粟，
不忍离去折翅膀，
留作纪念物。

又宿桐叶子宅，[2]之后欲下关东。

吸足牡丹蜜，
蜜蜂爬出花蕊来，
此情恋依依。

顺路前往甲斐山中。[3]

马驹尽情吃麦穗，
主人慰我旅情美。

四月末，回江户草庵，解旅途之乏。

江户草庵洗旅尘，
夏衣虱子未抓尽。

---

1 坪井杜国（？—1690），通称庄兵卫，名古屋的米商。芭蕉的高足。此句以美丽的白罂粟比喻年轻的杜国，以飞来飞去的蝴蝶比喻四处漂泊的自己。

2 林桐叶子，热田的富豪。芭蕉于去年冬天住在他家里，此次于三月下旬起又住两周左右。

3 此句指前往甲斐国谷村的朋友家里。

《六十余州名所图会　甲斐　猿桥》

鹿岛纪行[1]

京都之贞室[2]往须磨之滨赏月，吟咏“松树明照眼，三五夜中月团团，追忆中纳言”。[3]念此风流之士何等雅趣，乃于今秋[4]意欲前往鹿岛[5]赏月。同行者二人，一为浪人武士[6]，一为云水之僧[7]。禅僧身披色如乌鸦之缁衣，脖挂褡裢，背负安置有释迦如来悟道成佛出山图像之佛龛，手持锡杖，铁环轻响，犹如过无门关[8]，独步天地，自在上路。另有一人，[9]非僧非俗，介于鸟鼠之间，名曰“蝙

1　贞享四年（1687）八月十四日，芭蕉和弟子曾良、宗波赴常陆国鹿岛赏月旅行。

2　安原贞室（1610—1673），名正章，京都人。贞门时代的代表性俳人，贞门七俳仙之一。编著有《正张千句》《玉海集》等。

3　贞室原文为“十五夜”，并非“三五夜”，芭蕉记忆有误。“中纳言”即被流放到须磨的歌人在原业平。

4　指贞享四年（1687）八月。

5　常陆国的鹿岛神宫（茨城县鹿岛町）。

6　河合曾良（1649—1710），本名岩波庄右卫门正字。信浓人，寄居于伊势长岛大智院。二十岁左右曾仕于伊势长岛藩，后致仕，去江户，入芭蕉门下。

7　指住在芭蕉庵附近的禅僧宗波。

8　南宋无门慧开禅师撰《无门关》颂曰：“大道无门，千差有路，透得此关，乾坤独步。”

9　芭蕉自指。

《六十余州名所图会　常陆　鹿岛神宫》

蝠”，乃言前往“无鸟之岛”，[1]爰于门前乘船，[2]抵达行德[3]。弃船上岸，亦不骑马，欲试鹤胫之脚力，乃徒步前往。

三人均头戴甲斐某人所赠扁柏斗笠。过八幡[4]，入镰谷原[5]，平野广袤。所谓“秦甸一千里”，[6]可极目远眺。筑波山巍峨矗立，双峰并峙。[7]闻言唐土有“双剑之峰”，乃庐山之峰也。

雪景不待言，
紫霭轻笼筑波山，
初春亦芳妍。

此为门人岚雪[8]之句。此山传自日本武尊之歌，连歌者以此为源，且缘以命名。[9]见此山不宜无歌，过此山不宜无句。真乃尊崇之山也。

---

1 日谚有云：“岛上无鸟，蝙蝠称王。”（类似中国谚语：“山中无老虎，猴子称大王。”）芭蕉诙谐地比喻自己如蝙蝠前往鹿岛。

2 江户芭蕉庵不远处即为小名木川，有船直达行德。

3 江户川的河口，位于今千叶县市川市。

4 行德北面约四公里，位于今市川市八幡町。

5 位于今市川市东葛饰郡镰谷町。

6《和汉朗咏集》：“秦甸之一千余里，凛凛冰铺……”甸，乃天子直辖之地。秦甸，指秦朝都城附近的土地。

7 茨城县中部的山峦，有男体、女体两峰。

8 服部岚雪（1654—1707），江户人，芭蕉高足，与宝井其角并称。编著有《若水》《其袋》等。

9 连歌的产生可追溯到《古事记》《日本书纪》中日本武尊与秉烛人的唱和——片歌问答：“（问）经过新治与筑波，到此已睡多少夜？/（答）算来睡过九夜晚，今日已是第十天。”所以，连歌又称“筑波之道”。

胡枝子似锦铺地，诚如为仲将其装入衣箱送与京城以为礼物，[1]风流至极，心甚羡之。桔梗、龙牙、苓草、芒草百花缭乱。公鹿呦呦，恋妻之情，不胜爱怜。放牧之马，悠然自得，妙有情趣。

暮色将临，抵利根川岸边之布佐[2]。川中置有捕鲑之鱼梁[3]，鲑鱼售往武江[4]市集。夜宿渔家，腥味扑鼻。[5]长空皓月，万里朗照。是夜乘舟而下，至鹿岛。

翌日，正午起降雨，恐赏月无望。闻根本寺前住持[6]现今遁世，隐居于山麓[7]，乃前往拜访借宿。实如古人所吟“使人发深省”，[8]似颇得一时清净之心。拂晓，天色稍晴。和尚[9]叫醒起身，却见众人皆起。唯有月色、雨声之美景充溢心胸，却难以成吟。远道前来赏月，未能如愿，实乃憾事。然彼女亦未能吟咏郭公一首，怏怏不乐而归，[10]其与余不啻为同病相怜者也。

1　据鸭长明《无名抄》记载，平安时代，陆奥太守橘为仲任满回京时，将宫城原野上的胡枝子装在十二个大衣箱里作为礼物送人。

2　布佐，利根川沿岸的渔村，有船前往鹿岛。位于今千叶县我孙子市内。

3　顺水势用木桩、柴枝、竹条或编网设置障孔以捕鱼的设施。

4　即武藏国江户。

5　白居易《缚戎人》：“朝餐饥渴费杯盘，夜卧腥臊污床席。”芭蕉将原诗言人的身体的气味改为鱼腥味。

6　根本寺，临济宗寺院，位于鹿岛神宫以西的下生。前住持，指第二十一代佛顶和尚，芭蕉的参禅法师。

7　指鹿岛山山麓。

8　杜甫《游龙门奉先寺》：“欲觉闻晨钟，令人发深省。”

9　指佛顶和尚。

10　《枕草子》记述，清少纳言欲听杜鹃，特地到郊外，却连一首和歌也未作成，怏怏而归。

《名所江户百景　利根川交错之松》

同是此月光，
却因白云幻苍狗，
斯须变无常。 （和尚）

雨霁云脚忙，
月亮如飞照树梢，
水珠沐清光。 （桃青[1]）

寺宿沉梦乡，
清净禅心发深省，
虔诚赏月光。 （桃青）

竹睡雨夜香，
闻道霁月翻身起，
欣看长空朗。 （曾良）

雨后静庙堂，
屋檐水珠滴答响，
月色尤苍凉。 （宗波）

---

1 桃青，松尾芭蕉的别号。

神前[1]

仰望此古松，
发芽生长自神代[2]，
金秋谒神宫。（桃青）

青苔生要石，
传是明神降临处，[3]
欲将露珠拭。（宗波）

神鹿[4]亦跪膝，
虔诚恭敬对神明，
呦呦殷切啼。（曾良）

田家

稻熟已开镰，
鹤来觅食步悠然，
农村秋正酣。（桃青）

月明割稻天，
倘若邀我去帮忙，

1　即鹿岛神宫的神前。

2　日本神话中的神治时代，指神武天皇即位之前。

3　鹿岛神宫内有一块约六十厘米的圆石，上部微凹，下部埋在土中，不知其大。传说是鹿岛明神降临之处，称为“石御座”，亦称“要石”。

4　鹿岛神宫的鹿被视为神的使者。

趁此观玉蟾。　　（宗波）

微贱农家子，
忽然停下脱壳活，
抬头望明月。　　（桃青）

芋头叶摇曳，
一片翠绿旱地里，
只待明月夜。　　（桃青）

原野[1]

原野胡枝子，
裤上染花汁。　　（曾良）

离离原上草，
放牧马儿吃个饱，
悠然秋色好。　　（曾良）

原野花开胡枝子，
也让山犬睡一宿。[2]　　（桃青）

1　指镰谷附近的原野。

2　山犬，即日本狼，现已绝迹。《徒然草》说胡枝子花十分温柔可爱，可以作为可怕的野猪的被窝。芭蕉将“野猪”改为日本狼，意为连凶恶的日本狼睡在胡枝子花上性情也会变得温和。

归途，宿自准[1]宅

麻雀好友来，
干草做窝宿我家。[2]（主人自准）

墙边插苗木，
杉树成材秋色佳。[3]（客人芭蕉）

欲去看明月，
叫住拖船载我行。[4]　　（曾良）

贞享丁卯仲秋（末五日）[5]。

1　小西自准，芭蕉移居江户后的俳友，当时住在行德，任神职。
2　此为主人的发句。
3　此为芭蕉的胁句。
4　此为曾良的第三句。
5　即贞享四年（1687）八月。“末五日”为二十五日。

笈之小文[1]

百骸九窍之中有物[2]，且名之曰风罗坊[3]。此身诚如经风易破薄衣之谓也。彼久好狂句[4]，终为一生之事。时而厌倦，欲弃之不顾，时而勤勉，欲胜人一筹。是故动摇徘徊，烦乱不安。亦曾立志腾达成名，却因狂歌而无成；亦曾潜心修禅悟道，却因狂歌而破灭，终于如此无能无艺[5]，唯系狂歌一道。

1　贞享四年（1687）十月，芭蕉从江户到故乡伊贺过年，并于翌年（元禄元年）偕门人杜国去吉野、高野山、和歌浦、奈良、大阪、须磨、明石。四月去京都。《笈之小文》未定稿，于芭蕉死后十五年的宝永六年（1708）出版。

2 《庄子·齐物论》："百骸、九窍、六藏，赅而存焉，吾谁与为亲？"

3　芭蕉的别号。

4　俳谐的别称。

5　芭蕉在《〈结草虫说〉跋》中主张尊崇"无能不才"，受到庄子"无用之用"思想的影响。《结草虫说》为山口素堂所作。

《六十余州名所图会　纪伊　和歌浦》

西行之和歌、宗祇[1]之连歌、雪舟[2]之绘画、利休[3]之茶道，其贯道[4]之物乃一。然风雅[5]者，顺随造化，以四时[6]为友。所见之处，无不是花。所思之处，无不是月。见时无花，等同夷狄。思时无月，类于鸟兽。[7]故应出夷狄，离鸟兽，顺随造化，回归造化。

十月初[8]，天气欲雨不雨，以风中落叶之身，漂泊无定之心启程。

初冬寒雨第一阵，

诚盼唤我为“旅人”。

---

1 饭尾宗祇（1421—1502），室町时代末期的连歌师，号自然斋等。连歌学于心敬，获“花之本”称号，为当时连歌领袖。编著有《竹林抄》《新撰菟玖波集》等。

2 雪舟（1420—1506），室町时代后期的画僧，俗名等杨。绘画学于周文，应仁元年（1467）到明朝学习中国水墨画技法，文明元年（1469）回国，开创继承元、明北画风格的水墨画。作品有《山水长卷》《破墨山水画》等。

3 千宗易（1522—1591），号利休，安土、桃山时代的茶人。茶道学于武野绍鸥，曾仕于织田信长、丰臣秀吉，后获罪于丰臣秀吉，被迫自尽。茶道的集大成者。

4 《庄子·齐物论》：“道通为一。”《论语·里仁》：“吾道一以贯之。”

5 芭蕉之“风雅”，广义上指艺术，狭义上指俳谐。此处指前者。

6 即四季。

7 夷狄，指未开化之人。《礼记·曲礼》：“鹦鹉能言不离飞鸟，猩猩能言不离禽兽。今人无礼，虽能言，亦不离禽兽之心。”贞德《歌林杂话》认为，忘记根本精神，以迎合世俗之心吟咏和歌者，“变人为夷狄，再变为禽兽，古语之谓也”。

8 贞享四年（1687）十月十一日。

岩城[1]人有名长太郎[2]者，作胁句呼应。

一路投宿处，
又见山茶花。

于其角亭[3]为余饯行。

初冬饯行杯，
吉野赏花锦囊句，
待君满载归。

此句乃露沾公[4]馈赠之礼，于是不论亲疏，旧友新雨、门生弟子，或以诗歌文章，或以草履之资相赠，以表其心。余无须三个月准备行装，[5]纸衣[6]、丝棉袄、头巾[7]、布袜子之类，皆得好意相送，无虞旅途霜雪寒冻之苦。众人或招余泛舟中流，或设饯宴于别墅，或携酒肴来草庵[8]，预祝旅程，依依不舍，似觉贵人出门，何等

---

1 即磐城平藩，今福岛县。

2 井手长太郎，俳号由之。内藤藩士。

3 宝井其角在江户深川木场的住所。

4 内藤露沾（1655—1733），岩城平（今福井县平市）城主内藤义泰之子内藤义英，年轻即隐居江户六本木，专注俳谐，曾入西山宗因门下，自成一派。著有歌集《露沾公咏草》。

5 《庄子·逍遥游》："适百里者，宿舂粮；适千里者，三月聚粮。"

6 和纸涂柿漆做成的御寒挡雨的衣服。

7 指僧侣戴的一种头巾。

8 指芭蕉庵。

隆重。

纪行之文已有纪氏[1]、长明[2]、阿佛尼[3]锦绣珠玑，曲尽旅情，其后皆雷同貌似，以模仿为能事，未能弃此糟粕。尤况智浅才钝之辈，笔力岂能望其项背。“是日降雨，午中见晴，彼处有松，此处有河”之类记事，人皆可写。若无黄奇苏新，[4]莫言动笔。然所到之处，景色铭心动情；山馆野亭，旅愁悱恻凄苦。念及过后为羁旅之话题，自然之行踪，[5]余乃将心之所感，不择先后，拾缀成篇，犹如醉者妄言，梦者呓语，且请妄听也。[6]

宿鸣海[7]

星崎[8]夜如漆，
仿佛唤我看天际，
哀哀鸻鸟啼。

---

1 指纪贯之（约868—约945），平安时代前期的歌人、歌学者。仕于醍醐、朱雀天皇，官至木工权头。与纪友则等共同编撰《古今集》。著有《土佐日记》。

2 鸭长明（1155—1216），平安时代末期至镰仓时代前期的歌人。和歌学于俊惠，曾任宫中和歌所寄人，后出家，隐居日野外山。结方丈庵专心著作。著有《方丈记》《无名抄》等。

3 阿佛尼（？—1283），镰仓时代中期的歌人。剃发为尼。仕于安嘉门院，后为藤原为家的侧室。著有《十六夜日记》等。

4 源自北宋陈师道《后山诗话》：“苏子瞻以新，黄鲁直以奇。”认为苏轼的诗新颖，黄庭坚的诗奇警。

5 意为可以作为寻觅自己与大自然融为一体的线索。

6 源自《庄子·齐物论》：“予尝为女妄言之，女以妄听之。”

7 位于今名古屋市内。芭蕉住在门人下乡知足的家里。

8 但于鸣海与热田之间。

宿飞鸟井雅章[1]公家，闻其言将大作“都城遥远不可望，大海长隔鸣海湾”亲题书赠来宿之客，遂成一句。

都城方一半，
仰望半空压彤云，
阴霾雪欲降。

欲访隐居于三川国美保[2]之杜国，乃先发书简与越人[3]，邀其前来。遂自鸣海顺原路返回二十五里，当夜宿吉田[4]。

旅次冬夜寒，
两人共寝心自暖。

天津[5]之田地中，细径笔直。冬日海风，迎面劲吹，实乃严寒之地。

隆冬淡日冷，

---

1 飞鸟井雅章（1611—1679），江户时代前期公卿歌人，官至从一位权大纳言。
2 今爱知县渥美郡渥美町保美。
3 越智越人（1656—1739），通称十藏，北越人。芭蕉门人，居于名古屋，是当地的重要俳人。
4 位于今爱知县丰桥市。
5 位于今爱知县丰桥市。

卷缩马上冻成冰，
自度成剪影。

保美村至伊良湖崎[1]约一里，仍为三河国之地，与伊势隔海相望。不知缘何，《万叶集》将其选为伊势之名胜。于沙滩拾贝壳，以为围棋棋子，即所谓伊良湖白，为世人所珍爱。有山丘，名骨山，乃猎鹰之处。据云于南海尽头，为南去之鹰最初飞越之地。想及古歌有吟咏伊良湖鹰，犹感情趣殊深。恰见一鹰飞来。

飞来一苍鹰，
伊良湖崎荒凉地，
相见喜悦生。[2]

热田修复[3]
神镜磨明亮，
纤尘不染悬高堂，
雪花饰新妆。

蓬左[4]众人相迎，暂时休息解乏。

1　位于渥美半岛最西端的伊良湖海角。

2　此句喻意与杜国相见的喜悦。

3　热田神宫长期荒废，于贞享三年（1686）七月修复。芭蕉于十一月与林桐叶子一起参拜。

4　蓬莱宫（即热田神宫）左面之意，指名古屋一带。

《六十余州名所图会　三河　凤来寺山岩》

今晨好大雪，
崎岖险峻箱根路，
有人正翻越。

出席某人举办之赏雪会[1]
参加赏雪会，
纸衣皱纹且展平，
郑重去赴会。

出门看雪去，
任凭摔跤多少次，
雪里添兴趣。

出席某人举办之连句会
踏雪探早梅，
却见库房檐头上，
出墙吐玉蕊。

其间，美浓大垣、岐阜之风流雅士[2]多次来访，举行歌仙或半歌仙。[3]

---

1 十一月二十八日在名古屋昌碧亭举行赏雪会。

2 指美浓大垣的近藤如行、岐阜的安川落梧等人。

3 歌仙，即三十六句形式的连句，写在两张日本纸的诗笺上。十八句形式的连句称为半歌仙。

腊月十日过后，离名古屋，回故乡[1]。

不觉已岁暮，
世间忙于“大扫除”，[2]
我自在旅途。

自古人所吟“自出桑名后”[3]之日永[4]农村借来马匹登拄杖坡[5]，不意翻鞍落马。

实应拄手杖，
登此拄杖坡，
偏要骑驽马，
坠马奈若何。

难堪沉郁，借以排遣，终未入季语。

岁暮归故里，
凝视脐带思双亲，
感怀泗泪泣。

---

1 指芭蕉的故乡伊贺上野。
2 当时习俗，阴历十二月十三日进行大扫除。
3《名所方角抄》等地理书籍记载：“自从桑名后，过星川朝气，即日永。”
4 今三重县四日市市日永。
5 位于四日市市采女町与铃鹿市石药师町之间的山坡。

除夕之夜，辞旧岁恋恋不舍，饮至深夜，元旦晚起。

元旦睡过头，
初二应早起。
岁首观日出。
新春花绮丽。

初春
立春方九日，
山野春意动。

枯草犹带寒，
阳炎一两寸。

伊贺国阿波庄[1]有俊乘上人[2]遗迹，名曰护峰山新大佛寺。[3]名字虽能留以千古，却殿堂崩溃，基石犹在，僧舍无迹，化为田地。丈六佛像，淹没青苔，唯余头部，尚能拜见。然上人之塑像完好保存，得以重睹昔日风采，令人涕零。石莲台、狮子之台座皆弃置于艾蒿、勒

1　上野东面约二十公里，三重县阿山郡大山田村。

2　俊乘坊重源（1121—1206），僧侣，镰仓初期重建东大寺。

3　建仁二年（1202）重源按照源赖朝的意愿修建，后荒废。宽永十二年（1635）因山崩，殿堂多被掩埋。

《东都三十六景　上野满花之咏》

草之荒芜，[1]眼前光景恍若娑罗树枯死之再现。[2]

石座弃蒿艾，
丈六佛像今安在？
阳炎绕高台。

樱花树依旧，
物是人非万端绪，
往事绕心头。[3]

伊势山田
清香溢淡雅，
不知何树花。

焉能成裸体，
二月狂风似剪刀，
犹想添外衣。[4]

---

1 石莲台，丈六佛像状似莲花的台座。狮子座是置放莲花台的台座，雕刻有狮子、童子、花草。

2 据说释迦牟尼涅槃时，娑罗树变白枯死。

3 芭蕉年轻时曾仕于藤堂良忠家，现在由良忠之子良长（俳号探丸）继承。这是芭蕉受邀重访其家时吟咏的俳谐。

4 《撰集抄》记载，增贺上人去伊势神宫参拜，得到神谕，舍弃名利，将身上衣服全部脱下送给乞丐，裸体下山。芭蕉言自己无此修行，二月寒天，还想添加衣服，岂能脱衣裸体？

菩提山[1]
挖芋老农夫，
告我此山兴衰事。

龙尚舍[2]
同物不特名，
向君请教何称呼，
芦苇绿叶新。[3]

会网代民部雪堂[4]
庭中有佳木，
老梅粗干长新树，
芳花多媚妩。

草庵会[5]
门前乐草嫩叶绿，
院里植芋正芳郁。

---

1 指菩提山神宫寺，当时已荒废。

2 龙熙近（1616—1693），号尚舍，伊势神宫外宫的神官。其姓也写作龙野。著名的古典学者。著有《神代卷评注》等。

3 《菟玖波集》："草名因地而异。难波之芦苇，伊势称为芦荻。"芦亦可称为"苇""葭"。芭蕉向龙尚舍请教芦苇在当地的称呼。

4 网代民部，即足代民部，神风馆一世足代弘，伊势著名的神官，谈林派著名俳人，伊势俳坛重镇。殁后，其子弘员继任神风馆二世，雪堂为其俳号。

5 草庵，指大江寺（位于伊势市船江）内的二乘轩。

神宫内无一株梅树。询问神官何故，答曰别无他故，原本无梅，唯在子良馆[1]后有一株。

一株梅树花幽香，
淡雅清纯似子良。

不期今日涅槃会，
神宫殿里拜佛像。[2]

三月过半，不觉心旌摇曳，思潮荡动，诱余前往吉野观花。正欲上路之时，于伊良湖崎约定之人[3]前来伊势相会，且携来一侍童，言可照料旅途之艰辛。亲自起名曰万菊丸。此名甚与侍童相符，意趣盎然。出门之际，于斗笠上戏书一句：

乾坤无住同行二人
扁柏笠，
吉野让你看樱花。

扁柏笠，
我去吉野也观樱。　（万菊丸）

1　子良，即御子良子，在神宫里担任神乐、向神摆放供品的未婚年轻女子。馆，即她们平时集中的地方。

2　阴历二月十五日是释迦牟尼涅槃的日子，神宫夜挂起涅槃图。芭蕉感到意外。

3　指杜国。芭蕉在去年十一月去伊良湖时与他约定一起旅行。

行李太多，行动不便，故皆抛弃多余之物，留下卧具、纸衣一袭、防雨斗篷、笔墨纸砚、药品、饭盒之类，裹作一包，背于身后。然本是体弱力衰之人，站立不稳。旅途辛劳，烦忧颇多。

行路已疲乏，
今晚投宿在谁家，
却见紫藤花。

初濑[1]

春夜幽暗昏灯长，
宿寺祈祷聚殿堂。[2]

细雨樱花好春景，
木屐[3]僧侣树下行。　　（万菊）

葛城山[4]

拂晓沐晨光，
满山缤纷花烂漫，

1　今奈良县樱井市初濑，有长谷寺。

2　长谷寺的大殿里安置着十一面观音像，宿寺祈祷的人们聚集在灯光幽暗的内殿里虔诚地祈祷。此种风俗在《源氏物语》《枕草子》中就有记载，多为女性。

3　此处指高齿木屐，雨天时穿。

4　位于大阪府与奈良县交界，是修验道最早的灵地。

欲见神长相。[1]

三轮，多武峰。[2]

脐岭由多武峰通往龙门之路

小憩在山岭，

脚下天空云雀鸣。

龙门

龙门瀑布满樱花，

作为礼物送酒友。[3]

如此瀑布如此花，

说与酒友杯中话。

西河[4]

棣棠花自落纷纷，

可是因为瀑布声。

1　传说诸神奉役行者的命令，在葛城山与金峰山之间架设一道石桥。葛城山的神一言主由于自己长相丑陋，不愿意白天劳动，独自在夜晚干活。芭蕉看到美丽的葛城山春色，认为山神并不丑陋。如果容貌真的很难看，自己也想见识一下。

2　樱井市三轮，有三轮神社。多武峰在今樱井市内。以前是通往吉野的道路。

3　龙门岳山麓的龙门瀑布。此处采用酒仙李白吟咏瀑布的典故。

4　指西河瀑布，在吉野川上游。

蜻蛉瀑布[1]。

布留瀑布[2]在布留神宫二十五町之深山。

津国几田川[3]上有布引瀑布，大和[4]之箕面瀑布，皆在通往胜尾寺之路上。

樱花

只为看樱花，
每日行走五六里，
此人真可嘉。

日暮花犹明，
忽见苍然罗汉柏，
孤寂顿时生。

兴来忽癫狂，
扇底饮酒醉模样，[5]
飘零落春芳。

1　西河附近的瀑布。

2　布留，奈良县天理市布留町。此瀑布以后出现的瀑布并非按照旅行的顺序。

3　位于神户市葺合区布引町。

4　“大和”为误记。应在大阪府箕面市。

5　赏花到高兴处，模仿能乐里以扇代杯饮酒的动作，其中交织着芭蕉对能乐幽玄之美的感受。

苔清水[1]

苔上水清幽，
可是春雨顺树淌，
滴滴汇涓流。

吉野赏花三日，流连于晨昏景色。晓月悬空，皓洁幽眇，不禁心潮澎湃。或忆摄政公[2]之歌，沁人肺腑；或吟西行之“折枝作道标”，[3]动人心弦；或思贞室之“连声发赞叹”，[4]即兴率真，直抒胸臆。余拙于言辞，不得成吟，实为惭愿，其吟咏秀句佳篇之风流意气亦爱此兴趣索然。

高野[5]

闻雉声声鸣，
思恋父母亲。[6]

后院落春芳，
此身发髻愧难当，
人生感无常。　　　（万菊）

1　西行庵遗址。

2　指后京极摄政藤原良经（1169—1206），镰仓时代的歌人。《新敕撰集》收有其吟咏吉野山樱花的和歌：“昔日谁播樱树种，化作如今满山花。”

3 《新古今集》收有西行吟咏吉野山樱花的和歌：“去年吉野山，折枝作道标，今来改新路，寻芳未去处。”

4 《旷野》收有安原贞室俳句：“连声发赞叹，花满吉野山。”

5　指高野山，位于和歌山县伊都郡高野町，真言宗总本山金刚峰寺的所在地。

6 《玉叶集》中收有行基菩萨吟高野山的和歌：“山鸟哀哀鸣，思念父母亲。”

和歌[1]

行行春已暮，

追春来到和歌浦，[2]

明媚留春住。

纪三井寺。[3]

长途跋涉，踵破如西行，忆天龙之渡；[4]借马之际，思上人之怒。[5]于山野海滨之美景，见造化之功，或慕无依道者[6]之悟，或寻风流雅人之心。既无栖息之处，何有存储之欲。身无分文，途中无虑。[7]宽步以代轿，[8]晚食以充饥，其味甘旨，胜于鱼肉。居无定所，行无定处，朝发无定时。一日唯有二愿：夜能安宿，足有草履。区区

1 面对和歌海的村子，位于今和歌山市内。

2 “和歌浦”自《万叶集》起一直作为歌枕。浦，海湾，海岸。

3 和歌海湾东面的金刚宝寺护国院，是著名的朝拜寺院。该句有题无句，可见该文似未定稿。

4 《西行物语》记载：西行在天龙川渡口乘船，因乘客太多，船主担心翻船，用鞭子抽打乘客让他们下船。西行头被打破，鲜血直流，只好下船，但他视为佛道修炼，毫无怨言。

5 《徒然草》记载：高野山的证空上人骑马在小路上行走，一个女人也骑着马迎面而来，她的脚夫由于没有抓紧缰绳，致使上人的马掉进坑里。上人气极，对脚夫大发雷霆，但立刻后悔，连忙逃归。

6 《临济录》：“唯有听法无依之道人，是诸佛之母。所以法生无依。”无依道者，解脱一切世间烦恼的佛道者。

7 指身无分文，途中不怕盗贼抢劫。

8 源自《战国策》：“晚食以当肉，安步以当车。”《北史·隆玄传》：“宽步代车，无事为贵。”

小事，如此足矣。旅次之中，心情时时变换，意绪日日更新。倘偶遇稍解风雅之人，不胜欣喜。即使平时老气横秋、迂腐固执，疏远厌弃之徒，乃于穷乡僻壤，结伴羁旅，亦能促膝长谈。或于野草荒芜之蓬门荜户邂逅雅士，犹如瓦砾拾玉、泥中得金，喜不自禁，乃欲书之笔墨，言之他人。此又旅行乐趣之一也。

换季[1]

脱下一件衣，
折叠装进背囊里，
行旅算换季。[2]

离开吉野山，
身上棉袄拟卖掉，
已是换季时。　　（万菊）

灌佛之日[3]，参拜奈良诸寺，恰见鹿产子，此奇缘也。

正是释迦诞辰日，
奇缘喜逢鹿产子。

1　阴历四月初一换季，脱下棉袄，换上夏衣。

2　因在旅途中，未带夏衣，只好把身上的衣服脱下一件，装在身后的背囊里，算是换季。

3　释迦牟尼诞辰，阴历四月初八。

招提寺鉴真和尚来日时，[1] 于船上经受七十余难，海风吹蚀，终至盲目。于此拜谒尊像。[2]

我向尊师拜，
采撷一片嫩叶来，
轻将泪花揩。

奈良与旧友[3] 分别。

鹿角生新叉，
一节一分叉。

在大阪，寄居某人[4] 处。

眺望燕子花，
促膝交谈知心话，
行旅趣亦佳。

---

1 中国唐代高僧鉴真和尚五次渡海来日，未成，辛苦备至，双目失明，终于天平胜宝六年（754）成功来日。天平宝字元年（757）在奈良修建唐招提寺。该寺成为日本律宗之祖。

2 鉴真和尚塑像供奉在唐招提寺开山堂，为日本国宝。

3 指在奈良相见的伊贺上野的俳人猿虽、卓袋、梅轩等。

4 指保川弥由卫门，伊贺上野人，俳号一笑。他是芭蕉在故乡的俳谐朋友，当时居住大阪。

须磨

须磨夏天月，
如同客访主不在，
情趣犹欠缺。

且观须磨月，
情趣总未尽。

四月中旬，天空犹显些许朦胧，短夜之月澄莹清朗。新叶蔽山，影影绰绰。杜鹃欲鸣拂晓，海天晨曦渐露。看是上野[1]一带，麦浪尽染茜红。却见渔家檐下，到处罂粟花白。

渔民出门来，
古铜脸色尤显眼，
罂粟白花开。

此地分为东须磨、西须磨、滨须磨三处，不知以何谋生。古歌吟咏“须磨制盐田，海藻灌潮水”，[2]今未见以海藻制盐。网捕沙钻鱼，散乱晾晒于沙滩，有乌鸦飞来，叼而逃去。以乌鸦可恨，持弓箭惊吓之，谅必非渔

1　指须磨寺一带的平坦高地。
2《古今集》载在原业平的和歌：“人闻何以生，须磨制盐田，海藻灌潮水，日子苦艰辛。”

民之业。抑或古战场之遗风，[1]使之如此，实乃罪孽深重。因羁于怀古之情，欲登铁拐峰。[2]向导之童极不情愿，百般推阻。无奈好言相慰，允其在山麓茶屋请客，方才勉强应允。此童比昔时翻越鹎越山路之十六童子[3]尚小四岁，带余行走于数百丈崎岖险阻之羊肠小道。爬行攀缘，数次几殆坠落，紧抓踯躅、丛竹，气喘吁吁，大汗淋漓，终于攀至云雾袅绕之高处。此皆借助童子“导师”之力也。

须磨渔民搭弓箭，
杜鹃惊叫逃上天。

杜鹃消失天地间，
遥见岛影浮海面。[4]

须磨寺里树荫间，
笛声仿佛响耳边。[5]

---

1 须磨是源氏与平氏战争的古战场。芭蕉在须磨海边看到渔民以弓箭惊吓飞来叼食砂钻鱼干的乌鸦，与自己想象中的须磨海边古典式的渔民形象大相径庭，觉得大煞风景。心想大概是古战场遗风犹存，渔民才这样对待飞鸟的吧。

2 神户市须磨区与垂水区交界的山峦。南面是源平合战的古战场。

3 鹎越是神户市西部翻越六甲山往西北方向行进的山路。《平家物语》记载，寿永三年（1184），源义经欲袭击一谷的平家军队，由一个名叫熊王的十八岁童子当向导，翻越这座险峻的山峰。此处芭蕉记忆有误，以为是十六岁。

4 从铁拐峰眺望大海。此处“岛”指淡路岛。

5 须磨寺在神户市须磨区，上野山福祥寺的通称。寺内藏有平敦盛的名叫“小枝”（又作“青叶”）的笛子。这是源平在一谷决战时，平敦盛别在腰间的笛子。

《六十余州名所图会　淡路　五色滨》

明石夜泊

章鱼在陶罐，[1]
犹自沉醉黄梁梦。
夏夜月满天。

古云“此地秋色”，[2] 须磨湾秋色实乃情趣最佳。毫无悲伤岑寂之感。本思秋兴发于心间，结于笔端，然此亦为余似不觉才疏口拙之思也。淡路岛近在咫尺，须磨、明石之海分列左右。“吴楚东南坼”[3] 之吟亦为此乎。博闻之士观之，应浮想联翩，照应各处。后面隔山有一村名曰田井畑[4]，传为松风、村雨之故乡。[5]沿峰顶有路通往丹波，钵伏窥[6]、逆落[7]等地名闻之即已胆寒，自钟悬松[8]俯视，一谷皇宫[9]之遗址尽收眼底。昔日兵燹，当时纷乱，

1 当地以陶罐在夜间沉入海里捕章鱼，翌日早晨提上来。

2 《源氏物语·须磨》：“须磨浦上，秋风瑟瑟。公子虽远居海上，然行平大纳言所吟‘越关来’之‘须磨海风’吹动涛声，夜夜回荡耳边，悲凄之至也。实乃此地之秋色。”

3 杜甫《登岳阳楼》：“吴楚东南坼，乾坤日夜浮。”

4 铁拐峰北面的村子。

5 松风、村雨为姐妹，是须磨的渔女。在原业平流放到须磨后，将二人纳为妾。

6 铁拐峰上的一处断崖，可望见钵伏山。

7 一谷的陡坡。源义经率骑兵从这个陡坡冲下一谷，击败平氏。

8 铁拐峰面对一谷的绝壁上的一棵古松。传说源义经把指挥作战的钟挂在这棵树上。

9 安德天皇的临时皇宫，修建于一谷上面的上野山。平氏被赶出都城后，在此拥立天皇。安德天皇（1178—1185），第八十一代天皇，名言仁。

如闻其声，如见其景。二位尼君[1]怀抱幼帝[2]；女院[3]双脚为长裙围裹，跌跌撞撞进入顶篷船[4]内；内侍[5]、局[6]、女孺[7]、曹子[8]无法搬运诸多物品，将琵琶、琴之类裹于被褥之中扔入船内；天皇之食物掉入海中，成为鱼食；梳妆盒散乱一地，化为渔民弃置之海草。千载悠悠须磨湾，涛声依旧诉悲愁。

1　平时子（1126—1185），平清盛的妻子，叙从二位，被称为“二位尼”。建礼门院的母亲，安德天皇的外祖母。

2　幼帝，指安德天皇，当时七岁。

3　平德子（1155—1214），平清盛与平时子的女儿。高仓天皇的中宫，安德天皇的生母。后被称为建礼门院。“女院”指日本历史上宣下给太皇太后、皇太后、皇后等拥有相等地位女性的称号。

4　带有顶篷房屋的船。

5　属于内侍司的女官。

6　其身份在宫中拥有局（房间）的女官。

7　从事打扫、点灯等杂役的低级女官。

8　从事跑腿杂役的低级女官。

更科纪行[1]

秋风阵阵，吹动前往更科[2]姨舍山赏月之心。恰有一人，亦狂于风云之情，乃越人也。木曾路[3]山深道险，荷兮子[4]担心余旅途心力不济，遂遣一仆随从。虽尽心照应，却似对行旅不甚知悉，诸事杂乱，颠倒无序，然反觉颇多有趣。

某处，见六旬左右之修行道僧面无笑意，板脸默然而来，身背重物，压弯腰背，喘息气咻，小步迟缓。同行之人[5]怜之，乃将各自行李及修行道僧之行李一同置于马背上，[6]且让余骑马。高山险峰磐压头顶，左边大河流

1 贞享五年（1688），芭蕉从京都经近江、美浓到尾张，八月与越人经木曾路去更科，然后经沓挂、碓冰岭回江户。

2 长野县更埴市、长野市埴科郡户仓町附近。

3 位于长野县西南部。从马笼至赘川的木曾谷沿线十分艰险。

4 荷兮，芭蕉门人，名山本武右卫门，居住在名古屋，为当地蕉门的核心人物。名字后加“子”，是对他的尊称。

5 指越人以及仆从。

6 此时雇驿马。驿马善驮，人物皆可载。

淌，崖下为千寻之幽谷，无尺地平坦，鞍上颠簸，无时不胆战心惊。[1]

过栈桥[2]、寝觉床，[3]猿马场岭[4]、立岭[5]等四十八曲[6]，逶迤盘陀，如踩云端。余等步行，犹头晕目眩，畏怯胆寒，踟蹰不前，然仆从稳坐马背，毫无惧色，摇晃打盹。背后看去，危险万分，几次以为将坠落马下。思来冷观众生浮世之佛心亦是如此，人生无常，万物轮回，躬身自省，实如“阿波鸣门无风浪”[7]。

夜宿客栈，回忆白日所见可入句之景及未竟之发句，乃取笔墨，横卧灯下，闭目击额，推敲苦吟。同路之修行道僧，以为余羁旅忧愁，前来宽慰。细数年轻时游历参拜诸地情景及佛祖之贵尊，详谈亲身经历之怪事，喋喋不休，使余雅趣顿消，一句无成。

忽见月光筛透树间，自破墙照入房间。曳板[8]之声，逐鹿之声，四处可闻。此极尽悲秋之心也。主人言：“月

1　此后芭蕉下马，仆从骑在马上。

2　在险峻的山腰间架设的木板桥。木曾的栈桥最为著名，为上松与木曾福岛之间的难关。

3　从旅途顺序来看，芭蕉应该是先到寝觉床，再到栈桥。寝觉床，上松稍微往南的木曾川峡谷。

4　猿马场岭，从长野县麻绩市野川区通往更埴市八幡的山岭，东面是姨舍山。距寝觉约一百一十公里。

5　立岭，从东筑摩郡四贺村会田通往本城村乱桥的山岭。从旅途顺序看，在猿马场岭之后。

6　四十八曲是姨舍山南面其他山岭的名称。芭蕉以为是猿马场岭、立岭，此处记述有误。

7　传为兼好法师的道歌：“比较俗世方知道，阿波鸣门无风浪。”

8　田间驱赶鸟的器具。木板上系竹管数支，曳绳以鸣叫。

既出，赏月岂可无酒？”乃取酒杯，似比普通酒杯大一圈，且绘有稚拙之泥金画。都市人视此杯毫无情趣，不屑一顾。然余视质朴无华亦独具其妙，观之如碧碗玉壶，乃身处山中之故也。

客舍望月圆，
欲将螺钿泥金画，
描绘玉盘间。

断崖栈道上，
安危命系常春藤，
双手抓不放。

栈道险绝顶，
最忆当年逢坂关，
名驹献朝廷。[1]

云雾天放晴，
探看幽谷目晕眩，
栈道魂魄惊。（越人）

1　日本中古时期，每年八月，各诸侯国向朝廷进贡名马。其中信州望月牧进贡的“望月驹”最著名。朝廷官员到逢坂关迎接名马。此处是芭蕉想象进贡马经过艰险栈道时的情景。

姨舍山[1]

姨舍山头秋，
若见孤泣老媪影，
唯将月为友。

十五明月色，
意犹未尽不忍去，
十六宿更科。

更科三日赏明月，
万里无云秋皎洁。　　　　（越人）

纤弱惊鸿影，
黄花龙芽沾露重，
颤悠欲倒倾。

辛辣钻心萝卜泥，
萧瑟秋风今又起。

木曾山谷深，
七叶树果作礼物，

1　民间传说，住在姨舍山山脚下的一个男子受妻子唆使，在一个月明之夜将自己的老母亲扔到深山里。但他深感内疚，吟咏一首和歌“月照更科姨舍山，见月思亲我心酸”，又上山把母亲背回家。

送与俗世人。

几度送别后，
终入木曾秋。

善光寺[1]
四门四宗善光寺，[2]
清朗明月唯一处。

狂风走飞石，
浅间[3]秋殁时。

1　长野市的名刹，修建于七世纪。

2　善光寺有东西南北四门，匾额上分别写着无量寺、云上寺、净土寺、善光死。四宗指天台宗、真言宗、禅宗、律宗。一般认为善光寺兼容四宗。

3　即浅间山，是位于长野、群马两县交界的三重式活火山。上半部不生草木，多浮石。

《名所江户百景　川口之渡善光寺》

奥州小道[1]

旅思

日月乃百代之过客，[2]周而复始之岁月亦为旅人也。浮舟生涯、[3]牵马终老，[4]积日羁旅，漂泊为家。古人[5]多死于旅次，余亦不知自何年何月起，心如轻风飘荡之片云，诱发行旅之情思而不能自已。乃流连于海滨，去秋[6]甫回江上陋屋[7]，扫除积尘蛛网。未久岁暮，新春迭至。

---

1 元禄二年（1689）二月下旬，芭蕉由曾良陪同，从江户出发，步行于关东、奥羽、北陆，经日光、白河、松岛、平泉、尾花泽、出羽三山、酒田、泉潟、云崎、金泽、福井、敦贺诸地，九月抵大垣，然后去伊势。旅程二千四百公里，历时六个月。《奥州小道》是这一段旅行的纪行文，于五年后，即1694年完成。

2 李白《春夜宴桃李园序》:“夫天地者万物之逆旅，光阴者百代之过客，而浮生若梦。”

3 指船夫。

4 指马夫。

5 芭蕉以日本的西行、宗祇，中国的李白、杜甫为风雅之道的先人，故称“古人”。其中西行于河内弘川寺、宗祇于箱根汤本、李白于浔阳、杜甫于洞庭湖畔客死。

6 芭蕉于贞享五年（1688）八月结束更科旅行回到江户。

7 指江户隅田川畔深川的芭蕉庵。

《六十余州名所图会　武藏　隅田川雪之朝》

每望霭霞弥天，即思翻越白川关隘，[1]心迷于步行神，[2]痴魔狂乱；情诱于道祖神[3]，心慌意乱。乃补缀紧腿裤，新换斗笠带，针灸足三里，[4]心驰神往于松岛之月。[5]遂将住处[6]让与他人，移居杉风别墅。[7]

草庵已换主，
女儿节里摆偶人，
欢乐满牖户。

作表八句[8]悬于草庵柱上。[9]

启程

阴历三月二十七日，晓天朦胧，残月余辉，富士山

1　白川（白河）关，通往奥州的关隘。能因法师吟咏“云霞迷蒙京都天，秋风吹拂白河关”。

2　原文为“そぞろ神”，一般认为是民间信仰的俗神“步行神”，也有的认为是芭蕉为与下文的“道祖神”相对应的造语，是使人心神不定的神或诱人出门旅行的神。

3　保佑旅人平安的路旁的神。

4　灸此处可健腿。

5　松岛，奥州最著名的风景。在宫城县松岛湾内，由二百六十多个岛屿组成。日本三景之一。吟咏松岛赏月的和歌最多。

6　此指芭蕉庵。

7　杉风，即杉山杉风（1647—1732），芭蕉门人，名元雅，在江户日本桥经营鱼行。为芭蕉提供芭蕉庵，是芭蕉的经济后援者。别墅，指深川六间堀的采茶庵。

8　百韵连句中将发句及其后的七句写在第一张怀纸（书写和歌的一种日本纸）上，称为“表八句”。

9　将怀纸悬于柱上作为临别纪念是当时习惯。

峰隐约可见。念及此行不知何时重睹上野、谷中之垂梢樱花，[1]不禁黯然神伤。挚友皆于前夕会聚，且登舟相送至千住[2]上岸。此去前途三千里，[3]思之抑郁凄楚，且向虚幻之世一洒离别之泪。

匆匆春将归，
鸟啼鱼落泪。

权以此句为纪行之首句，依然趑趄不前。众人伫列路上，似欲相送至不见余之背影。

草加

今年是为元禄二年[4]，奥羽[5]之长途跋涉唯系心血来潮，即使备尝吴天白发之恨，[6]犹欲亲临虽耳闻尚未目睹之胜地。托生还于期待，寄心愿于虚幻，是日终抵草加

1 上野、谷中，皆为江户赏花胜地。今东京都台东区内。
2 奥州道的第一个驿站。今东京都足立区内。
3《东关纪行》:“李陵入胡，三千里道之感。”
4 即1689年。时年芭蕉四十六岁，曾良四十一岁。
5 陆奥、出羽的合称。指磐城、岩代、陆前、陆中、陆奥、羽前、羽后七国。
6 南宋魏庆之《诗人玉屑·闽僧可士送僧诗》:“笠重吴天雪，鞋香楚地花。”吴国，意指偏远之地。吴国降雪即使化作自己白发般的艰苦行旅，或言行旅偏远，旅愁萦怀，致使头发皆白。

《六十余州名所图会　出羽　最上川月山远望》

驿站[1]。瘦骨嶙峋之双肩负重行囊，实为辛苦。本欲轻装上路，然一袭夜间御寒之纸衣[2]、浴衣、雨具、笔墨之类，兼之无法辞退之赠礼，难以割舍，遂成行旅之累赘，实无奈也。

室八岛[3]

诣室八岛。同行之曾良曰："此神称木花开耶姬，[4]与富士之神[5]相同。传姬入无户之室，起誓，放火，乃生彦火火出见尊。[6]故名室八岛[7]。和歌吟咏八岛之烟，亦此之谓。"又，此地禁食鰶鱼。[8]此类缘起，流传于世。

1　从江户出发后的第二个驿站，位于今埼玉县草加市。

2　和纸涂柿漆做成的御寒挡雨的衣服。

3　室八岛，今枥木市惣社町大神神社，亦称室八岛明神。天和二年（1682）重建。

4　大山祇神的女儿，天孙琼琼杵尊的皇后。

5　富士山本宫浅间神社，在今富士宫市。祭神相同，此谓一体分身。

6《日本书纪》记载，木花开耶姬与天孙成婚后，一夜怀孕，天孙怀疑所怀非自己之子。木花开耶姬为表示自己的清白，造一无户之室（四面墙壁，没有出入口的房间），入内发誓，如所怀非琼琼杵尊之子，即被火烧死，然后放火烧屋。结果在火中生出火酢芹命、彦火火出见命、火明命三个神。

7　此处指室八岛神，俗称灶神。与木花开姬放火烧屋冒出的烟附会。

8　民间传说，住在室八岛的一个美丽的姑娘正准备与恋人结婚时，被该国刺史看中。女子的双亲非常为难，就把鰶鱼装进棺木里火葬，因烧鱼的气味与烧尸的气味相同，谎称女儿已死，使她能与相爱的人成婚。因鰶鱼成为女子的替身，所以不吃。此传说的内容因地而异。

佛五左卫门

三十日[1]，宿日光山麓。[2]店主云:“我名叫佛五左卫门。因做事正直，众人皆如此称呼。一夜旅宿，请宽心休息吧。”此乃何方神佛，显圣于浊世尘寰，竟能相助状如化缘巡礼僧侣之吾辈乎。细察店主举止，乃鲁钝粗疏而正直诚实之人，属刚毅木讷近于仁[3]之类。禀性纯朴，最为可敬。

日光

四月一日，参谒日光山。[4]往昔此山书为“二荒山”,[5]空海大师[6]开基[7]时，改称“日光”。[8]如此改名，或云大师

---

1 元禄二年三月为小月，只有二十九天。据《曾良旅日记》记载，应为四月一日。

2 指上钵石町的五左卫门客栈。

3 孔子《论语·子路》:“刚毅木讷，近仁。”

4 指参谒祭祀有德川家康的东照宫。

5 日光在弘仁年间以前就因观音净土补陀落山的发音称为二荒山，另外，因为山上有祭祀大己贵命的二荒神社，亦得此名。

6 即弘法大师(774—835)，平安时代的高僧。俗名真鱼，二十岁出家，初名教诲，后改如空，又名空海。以学问僧身份随遣唐使到中国留学三年，回国后创建真言宗。在宗教、文化等领域均有贡献。

7 实为胜道上人开基，但空海在胜道修建神宫寺以后，受其委托撰写“沙门胜道上补陀落山碑”。

8《泷尾草创建立记》:“(空海)到彼掘穴，辟除结界，改名日光。”民间传说，山腰有岩洞，每年两次从洞中产生暴风，危害百姓，所以称“二荒山”(日语中的‘荒’有毁坏、肆虐之意)。空海登山，镇服暴风，改名为“日光山”。

《六十余州名所图会　下野　日光山里见之泷》

洞察千载之后事，而今辉光[1]普天同照，恩泽披于八荒，四民[2]安居乐业。神山惶恐，不敢多言，就此搁笔。

初夏谒日光，
新叶嫩叶沐艳阳，
日光真辉煌！[3]

黑发山[4]云霞轻笼，依然白雪皑皑。

剃发着缁衣
来到黑发山，
今逢更衣日，
索性换袈裟。　　（曾良）

曾良姓河合，名惣五郎。居芭蕉庵近旁，助余操劳炊爨。此次乐于与余同赏松岛、象潟，且解慰余羁旅之艰辛，乃于启程之日清晨，剃发，着缁衣，改惣五为宗悟。故有以上黑发山之句。“更衣”二字，尤觉有力。[5]

1　指东照宫的灵光。
2　即士农工商，此处泛指所有的人。
3　此处的“日光”既指东照宫的威严灵光，也指初夏的阳光。
4　日光山的主峰，即男体山。
5　曾良旅行前，特地剃掉黑头发，换上黑衣服，现来到黑发山，心有所感。又恰是换季日，心想这个样子，索性换上袈裟，芭蕉认为“更衣”不仅表示季节的变换，也是曾良出家遁世思想的体现。

登山二十余町，有瀑布。从岩洞顶飞流直下百尺，坠落千岩错叠之碧潭。潜入岩洞，从背后观瀑布，此谓“内观瀑布”。

潜入岩洞里，
背面观瀑布。
片刻心澄静，
修行在夏初。[1]

那须

那须黑羽[2]有相知[3]，欲穿越那须野，捷径前往。遥见一村，直奔而去，途中降雨，日色渐暮。便借宿农夫家，翌日清晨，又奔走于原野。见有放牧之马，乃向一割草之男子诉说行路之苦以求助。男子虽为山野村夫，亦通情达理，谓余曰：“此等情状，如何是好。原野歧路纵横，不谙熟此地之旅人极易误入歧途，令人担心。可骑此马去，马无法行走之时放回。”乃借马予余。幼童

1　僧侣在每年的四月十五日至七月十五日（即一夏九旬）不能外出，关闭在房间里修行，谓“夏行”“夏安居”“夏笼”。芭蕉言身在岩洞里，仿佛开始“夏行”的感觉，身心澄净。

2　大关信浓守增恒一万八千石的城下町，在日光东面六十四公里。位于今枥木县那须郡黑羽町。

3　“相知”指净法寺高胜（1661—1730），芭蕉门人，俳号桃雪、秋鸦。通称“图书”。

二人随马后奔跑。其一为女童，问其名，曰“阿重”。此名少见，然亦优雅。

芳名叫“阿重”，
可爱小女娃。
若将瞿麦比，
重瓣瞿麦花。[1]　　　　（曾良）

不久，抵达村庄。将酬金系于马鞍放归。

黑羽

访黑羽馆代[2]净坊寺某人[3]，主人对余等不速之客突然造访甚为欣喜，昼夜共话，意犹未尽。其弟桃翠[4]，朝夕相伴，且邀余诣其家，亦访其亲戚居所。经数日，郊外消遣，略看骑马射犬之遗迹，[5]穿越那须原野之细竹丛，

1　以瞿麦比喻少女是日本和歌的传统。

2　馆代，代理领主。领主大关增荣不在时主事的家老。

3　指阵代家老净法寺图书高胜。日语中“法”与“坊”发音相同，此处为芭蕉误记。

4　应为翠桃。高胜之弟鹿子畑丰明（1662—1728），俳号翠桃，与江户蕉门有交往。住黑羽郊外余濑。

5　镰仓时代盛行的一种骑射竞技。把狗放进用竹墙圈围的马场内，然后骑马射杀。谣曲《杀生石》描写为了杀死逃到那须野的狐狸精玉藻前，事先练习骑杀走狗。

观看玉藻前[1]古坟。然后诣八幡宫[2]。闻与市射扇[3]之时祈祷下野国氏族之神正八幡保佑，正是此神社，感慨殊深。日暮，返桃翠宅。

有一座修验光明寺[4]，应邀前往参拜行者堂[5]。

参拜高齿屐，
走出行种堂，
遥望夏日山，[6]
健步旅途长。

云岩寺

下野国云岸寺[7]后面有佛顶和尚[8]山居遗迹。闻先师

---

1 传为天竺斑足太子冢的神金毛九尾狐，化为中国幽王之妃褒姒，后又来到日本，成为鸟羽院天皇的宠妃玉藻前。被安倍泰成镇服后，现出原形，逃到那须野，被三浦介、上总介射死。但其魂一散，化为杀生石，鸟兽触石皆死，被源翁和尚用禅杖击碎。篠原稻荷神社内有狐冢。

2 今大田原市南金丸马场的那须总社金丸八幡宫那须野神社。

3 《平家物语》记述，寿永四年（1185）二月，平氏与源氏在屋岛大战时，平氏在船上竖一竿，竿上插一把扇子，源义经命令那须人那须与一用弓箭射下扇子。那须与一射前祈祷："南无八幡大菩萨，我国之神明，日光权现、宇都宫、那须汤泉大明神保佑射中扇面"，而后一箭中的。

4 修验光明寺，余濑的即佛山光明寺。佛教一派修验道的寺院。

5 祭祀有修验道始祖役行者穿着高齿木屐的塑像。此外还摆放着一齿的木屐。

6 光明寺北面的八沟山脉。此处显示芭蕉不怕困难继续旅行的决心。

7 应为云岩寺，临经宗的寺院。位于黑羽町。

8 佛顶和尚（1641—1715），鹿岛根本寺第二十一代住持，常居住云岩寺。住在深川临川庵时与芭蕉交往，是芭蕉的参禅师。

言，先师居山中时，曾以松木炭书一道歌于岩石之上：

蛰居此草庵，
横竖未盈五尺长，
倘若不下雨，
不要此庵又何妨。

余欲观其遗迹，拄杖前往云岩寺，众人呼朋唤侣，相诱同行，多为年轻人，一路谈笑风生，十分热闹，不觉来到云岩寺山麓。山容幽深，谷道逶迤。松杉茂密幽暗，青苔清水滴落。虽为四月天气，犹觉寒冷。看尽十景[1]，过桥[2]入山门。

山居遗迹究竟在于何处？攀后山，见石上建有小庵，背靠石窟，眼前如见妙禅师之死关、[3]法云法师之石室。[4]

声声啄木鸟，
唯有此庵啄不破，
盛夏树妖娆。

1 《东山云岩禅寺旧记》载十景：灵石之竹林、海岸阁、十梅林、龙云洞、玉几峰、钵盂峰、玲珑岩、千丈岩、飞云亭、水分石。其实灵石之竹林在山门里面。

2 云岩寺五桥之一的瓜铁桥。

3 妙禅师，中国南宋的原妙禅师，入杭州天目山张公洞，书挂“死关”匾额，闭居坐禅十五年。

4 法云法师，中国梁代高僧。晚年结庵于孤岩之上，终日讲经。

即兴一句，钉于柱上而去。

杀生石 · 游行柳

（自黑羽）往杀生石[1]。馆代派马相送。牵马人索句“求一诗笺”。马夫竟能如此风雅，遂吟一句；

骑马过原野，
杜鹃一声亮。
告诉牵马人，
马转鸟飞向。

杀生石在温泉涌出之山阴，毒气至今未消，蜂蝶之类，死骸堆积遍地，未见黄土之色。

又，“清水潺潺”[2]之柳树依然存留于芦野村[3]之田埂上。此地郡守[4]户部某人[5]曾屡次劝余观看此柳。然不知树在何处，今日果然“伫立柳荫久”。

---

1 杀生石，传为金毛九尾狐阴魂所变，在那须汤本，为一块“七尺四方、高四尺余”（《陆奥衢》）的辉石安山岩。附近有硫化氢、二氧化硫毒气喷出。

2 西行吟柳和歌：“路旁清水潺潺流，伫立柳荫久。”通过谣曲《游行柳》演唱广为人知。

3 奥州道上的驿站。今栃木县那须町芦野。

4 中国唐代官职，即为日本的领主。

5 指领主芦野资俊民部。户部，中国唐代官职。即为日本的民部。

独立柳树下，
忽见农夫插完秧，
离地正回家。

白河关

数日心绪不宁，来到白川关[1]之际，方始平定踏实。古人吟咏“托人捎信告京都……”，[2]今来此地，实感古人之心情也。此关乃三关[3]之一，文人雅士，心系情恋。秋风[4]之声犹响耳边，红叶[5]之景若浮眼前，今见绿叶枝头，亦别有情趣。遍地溲疏白洁，兼以野花缭乱，仿若踏雪过关之感觉。据清辅笔载，古人过此，正冠盛装。[6]

且插溲疏作饰花，
权当盛装过关隘。　　（曾良）

1　白川关，亦称白河关，奥州三关的第一关。

2《拾遗集》载三十六歌仙之一的平兼盛到白河关的和歌：“托人捎信告京都，今日已过白河关。”

3　三关，指磐城白河关、常陆勿来关、羽前念珠关。

4《后拾遗集》载能因的和歌：“云霞朦胧漫都城，秋风吹拂白河关。”

5《千载集》载源赖政的和歌：“绿叶葳蕤满都城，红叶凋落白河关。”

6　藤原清辅（1104—1177），平安时代末期的和歌学者。他在《袋草纸》中说：“竹田大夫国行云者，下陆奥之时，过白川关日，特装束整饬而往。人问其故，答曰此乃古曾部入道（能因）吟咏‘秋风吹拂白河关’之处，焉能便装而过。”

须贺川

过白河关，继续前行，渡阿武隈川[1]。左边会津根[2]巍峨矗立，右边为岩城[3]、相马[4]、三春[5]，乃磐梯国与常陆、下野[6]之交界，山脉连绵。过影沼[7]，天阴，未映现物影。[8]

于须贺川驿站[9]访等穷[10]，留居四五日。主人首先问及“过白河关有何佳作？”答曰：“长途辛劳，身心疲惫，兼之耽迷景色，怀旧断肠，未能走笔成章，难成妙思。然过关竟无一句，实为憾事，乃吟一句以就教。”

越过白河关，
踏入奥州路。
僻地插秧歌，
风流第一步。

于是此句乃成发句，（等穷、曾良）接续胁句、第

1　阿武隈川，在白河关之北，经须贺川、福岛，在仙台以南流入太平洋。

2　会津根，即磐梯山。

3　岩城，今福岛县磐城市。

4　相马，今福岛县相马市。

5　三春，今福岛县相马市田村郡三春町附近。

6　常陆，今茨城县。下野，今栃木县。

7　影沼，亦称镜沼，在白河关以北约二十五公里的小沼泽。今福岛县岩濑郡镜石町。

8　春夏晴日，可见海市蜃楼现象。

9　仙台松前道的驿站，位于今福岛县须贺川市。

10　等穷，即等躬，相良伊左卫门，贞门俳人，奥州俳坛重镇，与芭蕉有深交。

三句，竟成三卷。[1]

驿站附近有一大栗子树。一遁世僧[2]于树下结庐而居。古人所吟“俯拾落橡子”[3]之深山乃如此幽静闲寂也。爰取诗笺，书曰：

栗字书作“西”“木”，[4]云与西方净土有缘。行基菩萨[5]一生，杖及柱皆用此木。[6]

此花世人不屑顾，
檐下偏植栗子树。

浅香山·信夫村

出等穷宅，约五里，桧皮驿站[7]尽处，有浅香山[8]。离路边不远，此一带多沼泽。已近割菰时节，询问诸人何

1　三卷，实为一卷三十六句的歌仙。接续在连句发句（第一句）后面的第二句称为胁句，然后为第三句，一直吟至三十六句，称为歌仙。

2　指可伸，俳号栗斋，俗名矢内弥三郎。

3　西行《山家集》：“山深岩滴水，俯拾落橡子。”

4　“栗”字可拆写成“西”和“木”二字。当时的俳谐师往往称栗子为“西木”。

5　行基（668—749），奈良时代的僧侣。建造东大寺等，被圣武天皇授予大僧正称号。谥号行基菩萨、行基大德。

6《法然上人行状绘图》记载，法然“书栗木为西木”，且多年使用栗木手杖。日本学者认为此处是芭蕉误记。

7　仙台松前的驿站。今福岛县安积郡日和田町。

8　也称安积山。位于桧皮北面的丘陵。今为安积山公园。

草为菰[1]，然无人知晓。遍寻沼畔，逢人即问“何为菰”，不觉日薄西山。遂自二本松[2]右折，略观黑冢石窟[3]。宿福岛。

翌日，往忍村[4]，寻忍草印染之石。[5]远在山背后之小村里，见一石半埋地下。[6]村童走来，告余：“此石原在山上，路人常摘麦搓于石，[7]毁坏麦地。村人怒之，遂推石落谷，故石面朝下。”果有此事乎？

少女拔秧苗，
动作多灵巧。
不禁思往昔，
染布搓忍草。

---

1 原文为“胜见”，菰（真菰）的异名，但芭蕉当时似不清楚，也含带指菖蒲。源于藤原实方被流放到陆奥后过端午节时以花菰代替菖蒲的故事，所以割菰时节也是指端午节。

2 桧皮以北五里，今福岛县二本松市。

3 在二本松市东面，谣曲《安达原》中描写女鬼居住的石窟，抓住过往旅客，吸血食肉。

4 即信夫村。大致在福岛市大字山口一带。

5 中国名为海州骨碎补。羊齿类植物。茎呈淡灰色，茸毛密集，叶柄淡褐色，长约 5—10 厘米。古时用陆奥国信夫郡生长的忍草的叶茎将布料搓拧出颜色花纹。此块石头据说用来搓染布料，石上有字，可搓染到布料上。在今福岛市文字摺观音堂内。

6 据《奥羽关迹闻老记》记载，此石东西一丈一尺六寸，南北六尺九寸七分，地上高南为一尺七寸、北为六尺二寸。

7 佐久间容轩《奥羽关迹闻老记》记载，传说将麦叶搓在石头上，石上会出现自己思念的人的影子。

佐藤庄司遗址

过月轮渡[1]，出濑上驿站[2]。佐藤庄司[3]遗迹位于左面之山边，距此约一里半。闻其名为饭冢村鲭野[4]，乃边寻边往，终至一名为丸山[5]之小山。此即为庄司旧宅。依人所指，山下有大手[6]遗迹，随处观看，洒怀旧之泪。近旁之古寺[7]，残留佐藤家族之石碑。中有二儿媳[8]墓碑，尤令人哀伤。虽为裙钗，其豪勇之气，留芳于世，不觉泪沾衣袖。坠泪碑[9]已不再远矣。入寺乞茶，此乃收藏义经之大刀、弁庆之笈以为寺宝。[10]

五月竖纸旗，
寺宝亦应同过节，
陈列大刀、笈。[11]

1　月轮渡，阿武隈川的渡口。今福岛市北郊。

2　仙台松前道的驿站。今福岛市濑上町。

3　佐藤庄司，即佐藤元治。平泉藤原秀树之臣，信夫、伊达两郡的庄司（领主）。

4　饭冢村鲭野，今福岛市饭坂町。

5　丸山，在佐场野（鲭野）。今饭坂町内的小山丘。当地人把庄司馆邸称为丸山城。

6　大手，大手门，正面城门。

7　指佐藤家的菩提寺，琉璃光山医王寺。在丸山城遗址南面的河对岸。

8　佐藤元治之子继信、忠信兄弟的妻子。古净琉璃《八岛》描写，兄弟随源义经战死沙场后，他们的妻子身穿甲胄，扮演丈夫凯旋的样子以安慰病在床头的元治。

9　坠泪碑，《晋书·羊祜》记载，襄阳太守羊祜殁后，百姓怀其德，在岘山立碑。见者皆落泪。诗人杜预名之为坠泪碑。

10　实际上该寺收藏的是义经的笈（装有佛具、衣服、食器等东西的箱子）、弁庆书写的佛经。芭蕉未亲眼观看。

11　五月节是端午节，也是日本的男孩节。当时，在此日挂纸做的鲤鱼旗。

今日五月朔日。[1]

饭冢

当夜宿饭冢[2]。有温泉，入浴后，求宿，乃是在土地[3]上铺草席之贫穷农户。既无灯火，只得借地炉之火光铺床就寝。入夜，雷鸣，降雨不止。卧处上方漏雨，跳蚤、蚊子叮咬，不得入眠。而宿疴[4]复发，几迨昏厥。夜间短暂，天色渐明，又登旅途。然昨夜之病尚未痊愈，心绪忧郁。遂租马出桑折驿站[5]。此去路途遥远，虽病魔作祟，忐忑不安，然思羁旅于穷乡僻壤，怀俗世无常之心，抱舍生野曝之意，路毙亦乃天命[6]也。念及于此，气力有所恢复，勉力阔步越过伊达大木户。[7]

---

1 实际上是五月二日。

2 今饭坂温泉。

3 日语称为“土间”。日本旧式住宅中不铺地板的泥土地房间。

4 指疝气、痔疮，一说胆结石。

5 仙台松前道的驿站，在饭坂东北面约七公里半。

6《论语·子罕》:“且予纵不得大葬，予死于道路乎？”

7 伊达大木户，佐藤庄司失败的古战场。文治五年（1189)，为迎战源赖朝的军队，藤原泰衡的奥州军队在山顶构筑栅栏，现存遗迹。今伊达郡国见町大字大木户。从此地进入伊达国。

笠岛

过镫摺[1]、白石[2]城，入笠岛[3]郡。询问藤中将实方[4]之冢在何处，告曰："遥见右面[5]山边村落，乃蓑轮[6]、笠岛，有道祖神神社[7]，芒草遗物[8]至今犹在。"然近日梅雨连绵，路况恶劣，兼之身体疲乏，只从远处略为一望。蓑轮、笠岛两处地名，亦正适合梅雨时节。[9]

笠岛在何处，
五月泥泞路。

武隈之松

宿岩沼。[10]

---

1 镫摺，宫城县白石市的越河与斋川之间的山峡。

2 白石，伊达家臣片仓氏的城下町。今白石市。

3 实际上是名取郡笠岛村。今名取市爱岛字笠岛。

4 藤原实方（？—999），平安时代中期的贵族歌人。左近卫中将。在殿上与藤原行成争论，被天皇叱责，左迁为陆奥守。据《源平盛衰记》等记载，他从笠岛道祖神前面经过时，不下马，受到神的惩罚，落马而死。其墓在道祖神的旁边。

5 实为左面。

6 蓑轮，在笠岛以北四公里。

7 道祖神神社，即佐倍乃神社。实方冢在近旁。

8 西行吟实方的和歌："英名不巧垂千古，枯野芒草似遗物。"

9 指蓑轮、笠岛中各有一个"蓑""笠"与雨相关的字。

10 岩沼，仙台松前道的驿站，今宫城县岩沼市。实际上芭蕉并没有住在这里。从路程来看，岩沼在笠岛之前。

武隈之松，令人赏心悦目。根部从地表分成两株，[1]未失昔日形状。于此地最先忆起能因法师。昔时，京都来此之陆奥守伐此木作为名取川[2]桥桩。能因再次来时，见无此松，乃吟“不见踪影今何在”。[3]据言此后年代时伐时植，而今历经千年，形神俱备，实为难得。

“晚樱告师翁，观赏武隈松。”此为举白[4]之赠别句。

樱花江户别，
今日终见两棵松，
已经三个月。

宫城野

渡名取川，入仙台。此日屋檐皆插菖蒲。[5]寻客栈宿四五日。闻此地画工加右卫门[6]略解风雅，遂与结识。此人言近年调查知其名而不明其地之歌枕，一日为余引

---

1 武隈之松，宫城县岩沼市武隈馆形成一根两株的松树，称为两棵松。歌枕。

2 流经仙台南部入海的河流。

3《后拾遗集》记载能因吟咏武隈两棵松的和歌：“武隈两棵松，不见踪影今何在，千岁我再来。”

4 草壁举白，芭蕉的江户门人。

5 五月四日，端午节的前一天，有家家户户的屋檐插菖蒲的习俗。

6 应为嘉右卫门，大淀三千风的高足，以版木雕刻为业，俳号和风轩加之。

导。宫城野[1]胡枝子茂盛，如秋色正酣。玉田[2]、横野[3]、踯躅冈[4]，梫木花盛开[5]。入阳光不透之苍郁松林，告余曰此地名木下[6]，概因往昔露水亦如此浓重，方吟咏“告诉主人们，斗笠请戴上”。[7]参拜药师堂[8]、天神神社[9]等，日已暮。（加右卫门）犹为余绘画松岛、盐灶等处地图，且馈赠两双藏青色印染带子的草鞋以为饯别。至此观之，彼乃深谙风雅三昧。

藏青鞋带似菖蒲，
系于双脚登旅途。

壶碑

按图[10]行去，奥州小道[11]之山侧生有十符菅草[12]。至今

1 宫城野，在仙台市东部，为胡枝子的歌枕。

2 玉田，歌枕，今仙台市原町小田原附近。

3 横野，歌枕，今仙台市东北郊，玉田东面的原野。

4 踯躅冈，歌枕，今仙台市榴冈。

5《散木奇歌集》载源俊赖的和歌：“系好小马驹，玉田横野好放牧，踯躅冈上梫花开。”梫木又称马醉木，有毒，马吃后发醉。

6 木下，歌枕，今仙台市木下町。

7《古今集·东歌》：“告诉主人们，斗笠请戴上。宫城野木下，露比雨水浓。”

8 药师堂，原为国分寺，伊达政宗重建。

9 天神神社，位于踯躅冈东南面的天满宫。伊达家第四代纲村建造。

10 指嘉右卫门为芭蕉绘画的地图。

11 奥州小道，相对于奥州大道而言。在仙台市东北郊，从岩切村进山的东光寺门前附近沿着冠川的道路。

12 十符菅草，十符为地名。该地生长的菅草，用以编织草席。

依然每年编织十符草席献与国守[1]。

壶碑[2]在市川村[3]多贺城[4]。

壶碑高六尺余，宽约三尺。青苔斑驳，可隐约辨认碑文。记叙四维国界之数里。[5]“此城，神龟元年[6]，按察使[7]镇守府将军[8]大野朝臣东人[9]之所置也。天平宝字六年[10]，参议[11]、东海东山[12]节度使[13]同将军惠美朝臣朝獦[14]修造也。十二月朔日”。[15]由此观之，乃圣武天皇之时建

---

1 国守，指仙台藩主伊达。

2 壶碑，原指坂上田村麻吕在奥州七户湖村建立的碑，传碑上刻有“日本中央”四字，在今青森县上北郡天间林村的小字坪村。《古今集》以前的和歌的歌枕即指此碑。宽文时期，在多贺城遗址发掘出一碑，讹传为歌枕的壶碑，其实是多贺城碑。

3 今宫城县多贺市市川。

4 多贺城，奈良时代为防止虾夷入侵建筑的城堡。

5 四维，指乾（西北）坤（西南）艮（东北）巽（东南）四方。碑上写道：“去京一千五百里，去虾夷国界一百廿里，去常陆国界四百十二里，去下野国界二百七十四里，去靺鞨国界三千里。”

6 神龟元年，圣武天皇即位元年（724）。

7 按察使，监察国司治政与各国民情的官员。后在奥州由陆奥镇守府将军兼任。

8 镇守府将军是镇抚虾夷的官员。神龟元年（724），在陆奥出羽地方设置。

9 大野朝臣东人，跟随藤原宇合征讨虾夷，有功，筑多贺城。

10 奈良时代淳仁天皇时期（762）。

11 参议，太政官职称，仅次于大纳言、中纳言。

12 指东海道、东山道。

13 奈良时代管辖一地军务、负责征伐的官员。

14 藤原惠美朝臣朝獦（?—764），天平宝字初年任节度使兼镇守将军，八年因其父谋反，一起被诛。

15 芭蕉只是摘抄，且抄录有误。原文是：“此城，神龟元年岁次甲子，按察使兼镇守将军从四位上勋四等大野朝臣东人之所置也。天平宝字六年岁次壬寅，参议东海东山节度使从四位上仁部卿兼按察使镇守将军藤原惠美朝臣朝獦修造也。天平宝字六年十二月一日。”

造[1]。古人所吟歌枕，今虽多流传，然山崩地陷，川河改流，道没石埋，树老苗新，沧海桑田，时代变迁，其遗迹多有含糊之处，语焉不详。今于此亲见千载之珍物，缅怀古人之情思。实乃行旅之收获，生命之喜悦，顿忘羁旅之劳累，唯洒感动之热泪。

末之松山

之后，观览野田之玉川[2]、海中石[3]。末之松山[4]已建寺[5]，名末松山。松间皆坟，比翼连理，[6]终亦如斯，不胜悲切。至盐灶湾[7]之滨，闻暮钟悠扬。梅雨之天空微略放晴，夕月幽光，篱岛[8]在近。渔舟络绎归岸，分鱼点数正忙。古人吟咏“纤绳拉渔舟，情趣沁心间”，[9]其情

1　此为芭蕉误记。神龟元年是圣武天皇时代，但天平宝字六年（762）是淳仁天皇时代。

2　指多贺城遗址以东约一公里的田间小河。

3　海中石，多贺城遗址东南面约三公里的小池塘里的一块石头。今多贺城市八幡。实际上芭蕉看到的是这块石头。《千载集》收入的二条院赞岐的和歌“思君热泪流，双袖未有干，恰似海中石，退潮亦不见。”以此附会。

4　末之松山，多贺城市八幡的宝国寺后面的山冈。当时有松树几十棵，可望见大海。

5　临济宗末松山宝国寺。

6　白居易《长恨歌》：“在天愿作比翼鸟，在地愿为连理枝。”

7　盐灶浦，即千贺浦。和歌多吟咏恋情与无常之悲哀。盐灶暮烟为松岛八景之一。今盐釜市海岸。

8　篱岛，盐灶湾中的小岛。

9　《古今集·东歌》：“陆奥有佳景，莫如盐灶湾，纤绳拉渔舟，情趣沁心间。”

相通，旅愁顿增。是夜听盲法师[1]弹琵琶说唱奥州净琉璃。[2]所唱既非平曲[3]，亦非幸若舞[4]，曲调粗犷，嗓音高亢，近在枕边，聒噪喧闹。然思之亦不失僻壤之遗风，可钦可赞。

盐灶

清晨，参拜盐灶明神[5]。为国守重建。[6]殿柱粗大，彩椽华美，石阶高砌九仞，朝阳辉映朱墙。如此边鄙荒外，依然神灵显圣。吾国风俗，实为可贵。神前有古宝灯，铁扉正面刻有"文治三年和泉三郎寄进"。[7]五百年前之情景，不觉浮现眼前，不胜惊喜。渠[8]乃义勇忠孝之士，美名至今，无不钦羡。诚如是言：人能勤道守义，名亦随之。[9]

1　弹唱琵琶、筝的剃发盲人。到处说唱的卖艺人。

2　奥州净琉璃，也称御国净琉璃，仙台地区的古净琉璃。净琉璃，日本的一种起源于平曲、谣曲的说唱文艺形式，室町时代主要以琵琶、扇子为道具。

3　平曲，平家琵琶。琵琶伴奏说唱《平家物语》的故事。

4　幸若舞，用扇子打拍，演唱《源义经》《曾我物语》等武士题材的故事。

5　盐灶神社，被称为奥州第一宫。

6　伊达政宗于庆长十二年（1607）重建。

7　原文为"奉寄进文治三年七月十日和泉三郎忠衡敬白"。和泉三郎是藤原秀衡的第三子，遵父遗命，忠于源义经，文治五年（1189）为其兄泰衡所杀。

8　指和泉三郎。

9　韩愈《进学》："动而得谤，名亦随之。"

日既近午，雇船渡松岛[1]。其间二里余，抵雄岛[2]海岸。

松岛

说来老话，松岛佳景甲扶桑，不逊于洞庭、西湖[3]。海水深入东南陆地，形成海湾。湾内三里，澎湃如浙江潮[4]。岛屿无数，高耸者昂藏倚天，低伏者匍匐波面。或双层重叠，或三重架垒。左面分断独立，右面接续相连。如负如抱，爱抚儿孙。[5]苍松浓绿，因海风吹拂，枝干虬蟠，仿佛自然天成，妙不可言。此景窈深幽眇，若美人浓妆淡抹之玉容。[6]此乃远古神代大山祇[7]之所为乎？天工造化，谁者能形诸笔墨以尽其妙。

雄岛突伸海中，海滩多石，与陆地相连。[8]有云居禅师[9]之别室[10]遗迹、坐禅石等。偶见松荫有遁世者之草庵，

1 松岛，今宫城县松岛町的松岛湾内各岛屿及其海岸一带。

2 雄岛，松岛海岸附近的小岛。

3 指中国的洞庭湖、杭州西湖。

4 指中国浙江的钱塘江大潮。

5 杜甫《望岳》：“西岳崚嶒竦处尊，诸峰罗立似儿孙。”

6 苏轼《饮湖上初晴后雨》：“水光潋滟晴方好，山色空蒙雨亦奇。若把西湖比西子，浓妆淡抹总相宜。”

7 大山祇，司山之神。

8 实际上是通过一座渡月桥与陆地相连。

9 云居禅师，土佐人，京都妙心寺僧侣，应伊达忠宗之邀，中兴瑞岩寺中兴。

10 指把不住庵。

燃烧松叶、松球之轻烟袅绕，未知何人悠闲居住，然亦感亲切，趋前造访。不觉月移海上，与白昼情趣迥异。回岸投宿，客栈二层，[1]窗户面海，仿佛卧寝于大自然之中，心情舒畅，不可思议。

杜鹃声声鸣松岛，
应向白鹤借羽毛。　　　（曾良）

余难以成吟，欲眠却无法入睡。离旧庵[2]时，素堂吟松岛诗、[3]原安适吟松浦岛歌[4]相送。遂解袋，今宵以此为友。袋中亦有杉风、浊子[5]之发句。

瑞岩寺

十一日[6]，诣瑞岩寺[7]。该寺三十二代[8]之前，真壁平四

1　当时除妓院外，二层楼的建筑物十分罕见。这家旅馆很有名。

2　指江户深川芭蕉庵。

3　山口素堂（1642—1716），江户时代前期的俳人，本名信章。《家云集》中载有他赠送芭蕉旅行的汉诗："夏初松岛自清幽，云外杜鹃声未同，眺望洗心都似水，可怜苍翠对青眸。"

4　原安适，江户的歌人。松浦岛是末之松山东北面的小岛。其赠芭蕉的和歌未详。

5　浊子，本名中川甚五兵卫，大垣藩士，芭蕉门人。

6　实际上是五月九日。

7　瑞岩寺，亦称圆福寺，天台慈觉大师开基，镰仓时代改为临济宗。

8　实际上是天台宗开山后第二十九世。

《六十余州名所图会　陆奥　松岛风景富山眺望之略图》

郎[1]出家入唐，[2]归国后开山。后云居禅师德化所及，改建七堂伽蓝[3]，甍壁金碧辉煌，佛饰庄严华丽，成为极乐净土之大寺院。见佛圣[4]之寺今在何处？余心慕之。

石卷

十二日，[5]前往平和泉。[6]闻途中有姐齿松[7]、绪绝桥[8]等，人迹罕至，刍荛雉兔[9]来往之道，不辨方向，终于迷路，来到名曰石卷[10]之港口。遥望和歌吟咏"金花开"[11]之金花山[12]矗立海面，数百货船云集海湾，人家鳞次栉比，炊烟袅绕连绵。不意来到此处，欲借屋投宿，却无人肯借。

---

1 真壁平四郎，法身和尚的俗名。壮年出家，入宋随无准法师参禅九年。应北条时赖之邀，为临济宗松岛圆福寺开山祖师。

2 当时中国已进入宋代，但日本人广义上把中国称为唐。

3 七堂伽蓝，禅宗所谓的佛殿、御堂、僧堂、库里、三门、西净、浴室。实际上在云居之前就已改建。

4 见佛圣，见佛上人，平安时代末期的僧侣。在千松岛结庵十二年，诵读法华经六万遍，鸟羽天皇赐予佛像宝器。当地人将千松岛称为御岛，后成为雄岛。《撰集抄》载，西行在能登遇到见佛，慕其德，追至松岛。

5 实际上是十日。

6 平和泉，亦称平泉。今岩手县西磐井郡平泉町。藤原三代的遗迹。

7 姐齿松，在松岛以北五十六公里，今宫城县栗原郡金成町姐齿。

8 绪绝桥，在松岛西北，今宫城县古川市。传为三日町与七日町之间的桥。

9《孟子·粱惠王》:"文王之囿，方七十里，刍荛者往焉，雉兔者往焉。"指猎人、樵夫。

10 石卷，北上川河口的商港、渔港。当时是仙台领地最大的港口。今石卷市。

11《万叶集》载大伴家持的和歌:"天皇御代大盛哉，陆奥山上金花开。"

12 金花山，牡鹿半岛东南面的山岛，从石卷看不见。当时把出产黄金的陆奥山传为金花山。

终在一贫穷小屋过夜，翌日凌晨又在陌生之旅途上徘徊行进。远望袖渡口[1]、尾驳牧场[2]、真野萱原[3]等处，行走于长堤。沿长沼[4]，一路心神不安，于户伊摩[5]宿一夜，至平泉。其间似觉二十余里。

平泉

三代[6]荣华一梦中，[7]大门[8]遗迹在一里之外。秀衡之遗迹[9]已成田野，唯金鸡山[10]犹存。先登高馆[11]，北上川[12]收入眼底，乃流自南部[13]之大河。衣川[14]环绕和泉城[15]，于高

1　袖渡口，今石卷北面北上川的港口。

2　尾驳牧场，石卷东面丘陵附近的牧场。

3　真野萱原，石卷市东北面十公里的地方。

4　长沼，改造北上川后的旧河道变成的沼泽。

5　户伊摩，今宫城县登米郡登米町。

6　指藤原清衡、基衡、秀衡三代九十六年。

7　引用中国黄粱一梦的典故。

8　大门，似指平泉馆的南大门。

9　指秀衡住宅伽罗御所，平泉馆的主要建筑。

10　金鸡山，平泉馆西面的小山。秀衡模仿富士山形状建造，山顶上埋有雌雄黄金的鸡以镇护。

11　高馆，中尊寺东南面的小山。传有源义经宅第遗迹。义经于泰衡进攻时在此自刃。

12　北上川，发源于北上山脉的姬神岳，流经岩手县、宫城县南下注入石卷湾的奥州第一大河。衣川在平泉附近与北上川汇合。

13　南部，平泉的北方，以盛冈为中心的南部氏的领地。

14　衣川，发源于平泉西部的山中，在高馆北面与北上川汇合。

15　和泉城，传为秀衡的三子和泉三郎忠卫的宅第。

馆下注入大河[1]。泰衡[2]等之遗迹在衣关[3]之外，似镇固南部门户[4]以防夷。[5]择忠臣义士，[6]据守此城，思功名显赫，过眼烟云。国破山河在，城春草木青。[7]不禁铺笠而坐，怀古落泪，不知时光流逝。

夏天草凄凉，
功名昨日古战场，
一枕梦黄粱。

遍地溲疏花，
若见兼房苍白发。[8]　　（曾良）

久闻二堂[9]揭帐拜佛[10]之盛事。经堂[11]供有三将之像。[12]

1　指北上川。

2　藤原泰衡（1155—1189），秀衡的次子，为源赖朝所迫与源义经作战，但自己也受到源赖朝的攻击。

3　衣关，中古时期征伐虾夷的据点。在高馆以西约一百米。

4　从平泉通往南部领地的出入口。

5　指防御虾夷入侵。

6　源义经选择忠义之士，弁庆、兼房等皆是为义经殉烈的家臣。

7　源自杜甫《春望》："国破山河在，城春草木深。"

8　增尾十郎兼房是源义经的老臣，满头白发，拼死奋战，见义经夫妻自刃后，烧毁高馆，自己殉死。溲疏花白，曾良见此，想起兼房的苍苍白发。

9　中尊寺的经堂和光堂。

10　揭帐拜佛，打开佛龛，供人参拜佛像。

11　藏有《一切经》16000卷等佛经，由清衡建造，建武四年（1337）上层毁于火。

12　三将，指清衡、基衡、秀衡。但经堂里没有他们的塑像，摆放的是文殊菩萨、优阗大王、善哉童子之像。

光堂[1]放有三代之棺，[2]摆置三尊佛像[3]。七宝[4]散失，珠门因风雨而损坏，金柱因霜雪而腐朽，既已支离破碎，野草荒芜，却仍四面围垣，[5]覆盖屋顶，以御风雨，且作千年之纪念也。

梅雨未曾洒光堂，
今日犹辉煌。

尿前关

遥望通往南部之道[6]，宿岩手村[7]。过小黑崎[8]、美豆小岛[9]，

1 光堂，即金色堂。清衡建造，兼具阿弥陀堂与葬堂之意，费时十五年，天治元年（1124）完成。江户时期才称为光堂。

2 光堂内有须弥坛三个，摆放清衡、基衡、秀衡的棺木。

3 指阿弥陀如来、观音菩萨、势至菩萨。

4 佛教所说的七种珍宝：金、银、琉璃、玻璃（水晶）、砗磲（车磲）、赤珠、玛瑙。七宝说法不一。《妙法莲华经·普门品》："为求金银、琉璃、砗磲、玛瑙、珊瑚、琥珀、真珠等宝入于大海。"

5 正应元年（1288），镰仓第七代将军唯康亲王奉执权北条贞时之命，建造覆盖光堂的套堂（俗称鞘堂）。

6 通往盛冈南部氏领地的道路。

7 今宫城县玉造郡岩出山町。

8 小黑崎，岩出山町西北十六公里，宫城县玉造郡鸣子町名生定的荒雄川北岸的小山。

9 美豆小岛，小黑崎山的西南面，荒雄川中的岩石岛。

自鸣子温泉[1]过尿前关，[2]欲往出羽国[3]。此地旅人罕至，为关守[4]见疑，终获通行。登大山，日已暮。见封人[5]家，求宿。然三日[6]风雨剧烈，无奈滞留山中。

跳蚤虱子叮未眠，
更有马儿尿枕边。

主人云："此去出羽国，有大山阻隔，路途不详，应由向导带路为宜。"诚如斯言，请寻向导。恰有合适之年轻人，腰横短刀，手携柞杖，引路前行。余随其后，心忧今日定有危险，惴惴不安。果如主人所言，高山森然岑寂，不闻一声鸟啼，树木茂密荫翳，犹如夜行。仿佛云端霾雨，[7]拨竹丛循径而行，涉水绊石，冷汗透肌，终至最上庄[8]。向导言："此路定有意外危险发生，今能平安护送，实为大幸。"乃欣然告辞。闻之犹觉后怕。

1　鸣子温泉，小黑崎以西约四公里。今宫城县鸣子町。

2　尿前关，鸣子以西约二公里，陆奥国伊达领地与出羽国新庄领地之间的关隘，由仙台藩管辖。传说是源义经的幼子第一次撒尿的地方。

3　出羽国，东山道八国之一，和铜五年（712）设置。跨今秋田、山形两县。

4　关守，守关的士兵。

5　封人，国境守卫者。朱熹《论语集注·八佾》："封人掌封疆之官。盖贤而隐于下位者也。"但芭蕉投宿的是庄屋（村长）家。

6　据考证，借宿实为两天。

7　杜甫《郑驸马潜曜宅宴洞中》："误疑茅堂过江麓，已入风磴霾云端。"霾雨，土蒙雾也。

8　最上庄，最上氏的领地。今山形县尾花泽市、大石田町一带。

尾花泽

于尾花泽[1]访清风[2]。彼殷富而不卑俗。在京[3]即常来往，善解羁旅之心，留宿数日，以宽慰风尘劳顿，关怀备至。

夏日好凉爽，
且将高堂当自宅，
歇息心舒畅。

蚕舍地板下，
蟾蜍叫声响，
快快爬出来，
无须底下藏。

娇妍红粉花开盛，
犹忆佳人刷眉妆。[4]

见此养蚕人，
古风今犹存。（曾良）

---

1 尾花泽，通往仙台、山形、新庄的交通要道。今山形县尾花泽市。

2 铃木清风（1651—1721），名道祐，通称岛田屋八右卫门，红花批发商，谈林派俳人。芭蕉的老朋友。

3 京，指京都和江户。

4 最上地方是日本最大的红粉花产地。红粉花用以制造口红。芭蕉联想到形状略似红粉花的画眉用具。

立石寺

山形藩领地[1]内有名曰立石寺[2]之山寺。慈觉大师[3]开基，尤清净悠闲之地也。众人皆荐，宜去一看。乃自尾花泽返道寻访，其间约七里。日尚未暮，先于山麓之僧坊借好宿处，然后登山上大殿。巨岩重叠，松柏苍古，土老、石旧、苔滑，岩上寺门[4]皆闭，阒然无声。遂绕山崖、爬山岩，拜佛阁。佳景澄寂，沁透心底。

山色幽静透禅院，
细听蝉声沁岑岩。

最上川

欲乘舟下最上川[5]，于大石田[6]等待天晴。此地犹存古

---

1 山形藩拥有松平大和守直矩的10万石领地。

2 立石寺，宝珠山立石寺，天台宗寺院，传贞观二年（860）由慈觉大师开山。实际上属于武州东睿山，不在山形领地内。在今山形市山市，通称山寺。

3 慈觉大师（794—864），平安时代前期的僧侣，最澄的弟子，入唐回国后，任天台座主。天台宗山门派的始祖。法名圆仁。

4 山上有十二支寺。

5 最上川，发源于饭丰山、吾妻火山群，经过米泽、山形、新庄各盆地，从庄内平原西流注入日本海。日本三大激流之一。

6 大石田，尾花泽西南约四公里，有船通往酒田。今山形县北村山郡大石田町。

俳谐[1]遗风，追慕昔时繁荣之景象，芦角一声，[2]慰僻地之民心，俳谐古风，化风雅之情思。言摸索此道，却迷惑于新古两道，[3]无人指导，以求于余。无奈连句一卷[4]。旅次风流，以至于此。

最上川流自陆奥，上游在山形，[5]有碁点、隼[6]等险滩。流经板敷山[7]北面，自酒田[8]入海。两岸山势陡峻逼压，船于蓊郁树林中穿行而下。古代和歌似将装载稻谷之船称为“稻船”。[9]白糸瀑布[10]自葱茏绿叶之间落下，仙人堂[11]临河立岸。水满流急，行船危险。

汇聚梅雨水连绵，
浊浪湍急最上川。

---

1 古俳谐，指芭蕉以前的贞门、谈林俳谐。芭蕉创正风，即蕉风。此地流行谈林俳谐。

2 《和汉朗咏集》载大江朝纲《王昭君》:“胡角一声霜后梦，汉营万里月明前。”芭蕉将“胡角”与“芦笳”混合使用，意指偏僻地方的风雅。

3 当时俳坛正处在向元禄新风的转变期，但偏远地方难以从贞门、谈林的旧风格中摆脱出来。

4 一卷，即三十六句。

5 严格地说，应该是最上川的支流须贺川的上游在山形。

6 碁点、隼均为最上川上游的险滩。

7 板敷山，今在陆羽西线高屋站西南面，海拔630米。

8 酒田，最上川河口庄内藩的港口。

9 《古今集·东歌》:“稻船来往最上川，不等稻谷等月亮。”

10 白糸瀑布，最上川四十八条瀑布中最有名。今山形县最上郡户泽村，板敷山对面。

11 仙人堂，祭祀源义经家臣常陆坊海尊的小神社。在最上川北岸，白系瀑布稍微上面的地方。今外川神社。

出羽三山

六月三日，登羽黑山[1]。访图司左吉[2]，谒代理别当[3]会觉阿阇梨[4]。宿南谷分寺[5]，热情款待，无微不至。四日，于本坊[6]举行俳谐会。余吟发句：

难得南谷羽黑山，
熏风送来冰雪爽。

五日，诣权现[7]。不知开山祖能除大师[8]为何代之人，延喜式[9]里有"羽州里山之神社"记载。[10]抄写易错，恐将"黑"字误记为"里山"，抑或将"羽州黑山"省略为"羽黑山"。《风土记》[11]记载，此地名为出羽，乃因"鸟之羽

1　羽黑山，今山形县东田川郡羽黑町的修验道羽黑派本山。

2　图司左吉，羽黑山麓手向村的俳人，俳号吕丸。

3　别当，管辖整个山寺的职务。因第五十代别当天宥被判流放，羽黑的别当就由江户东睿山宽永寺的僧侣担任，由和合院照寂在此代行职务。

4　会觉阿阇梨，即和合院照寂。阿阇梨是天台宗、真言宗高僧的职称。

5　南谷别院，在羽黑山山腰，有高阳院紫苑寺。

6　本坊，住持的坊舍。若王寺宝前院。

7　权现，羽黑权现，本地正观音。今羽黑神社。

8　能除大师，崇峻天皇第三皇子。

9　《延喜式》，平安时代初期律令的实施细则。记述朝廷年中仪式和制度等，共五十卷。

10　《延喜式》没有记载，见于宽永本的《东鉴》。

11　出羽国的风土记没有流传下来。不玉编《续尾集》的吕丸序云："自昔之风土记记载，此鸟羽毛乃为该国贡物。"

毛[1]为此国贡物进献”。与月山[2]、汤殿山[3]合称三山。该寺属武江东睿[4]，天台止观[5]皓月光辉，圆顿融通[6]法灯明耀。僧舍连栋排列，佛法修行精勤。灵山灵地，佛力神验，人皆尊崇敬畏。此乃繁荣恒久、吉祥玉瑞之宝山也。

八日，[7]登月山。身披修行袈裟，头缠白布角巾，脚夫引路，于云雾烟岚山中，踏冰雪，登八里，疑入日月运行之云关[8]。气促体冻，攀至山巅，日没月明。乃铺细竹，枕修篁，卧以待旦。[9]俟日出云消，遂下汤殿。

谷旁有锻冶遗迹[10]。该国之铁匠，于此择神水，净身斋戒以铸剑，铭刻“月山”，著称于世。其剑淬火可比龙泉[11]，乃追慕干将、莫邪[12]之道也。深感精通一道者锲而

---

1 鸟羽，用作箭翎。

2 月山，高1980米，是出羽三山中的最高峰。祭祀月山大权现。

3 汤殿山是月山1504米处的山谷。有温泉涌出。视为灵岩，整个山体作为神灵祭祀。山腰有祭祀大山祇命、大己贵命、少彦名命的汤殿山权现，日月寺祭祀大日如来。

4 武江东睿，武藏野国江户的东睿山宽永寺。天台宗关东地区的总本山，德川家康的菩提寺。有誉（天宥）于宽永十八年（1641）将出羽三山改宗为天台宗，从此隶属宽永寺。

5 天台止观，天台宗的根本教义。止妄念，静寂明智，观万法，心境澄彻，如明月光辉，大彻大悟。

6 圆顿融通，天台宗的教义。圆顿指圆满顿悟，融通指诸法融通无碍。

7 实为六日。

8 云关，天门，喻日月运行的太空。

9 实际上芭蕉当晚住在山上的角兵卫的小屋里。

10 指刀匠月山的遗迹。

11 龙泉，中国河南省汝南郡西平县的泉水。《史记·荀卿传》注：“汝南西平县有龙渊水可用淬刀剑，特坚利。”

12 《吴越春秋》：“干将者，吴人也，与欧冶子同师，俱能为剑。越前来，献三枚，阖闾得而宝之。以故使剑匠作为二枚，一曰干将，二曰莫邪。莫邪，干将之妻也。”《太平记》说干将、莫邪同往吴山，以龙泉之水淬火，三年铸出雌雄两剑。

不舍之志也。坐岩石小憩，见三尺樱树蓓蕾半绽。埋于积雪之下，仍不忘春天，晚樱之心，殊深可贵，若见馨香飘溢之盛夏梅花。[1]忆行尊僧正和歌[2]之情趣，犹觉樱花韵致精妙。讳言此山之细节乃修行者之规，故搁笔不予记述。归舍，应阿阇梨之求，书三山巡礼之句于诗笺。

静寂羽黑山，
新月朦胧凉爽天。

云峰几度散，
明月照月山。

讳言汤殿山，
神秘敬畏感玉瑞，
沾袖泪潸潸。

参拜汤殿山，
踩踏路上香火钱，[3]
感动泪沾衫。　　　（曾良）

---

1 《禅林句集》:“雪里芭蕉摩诘画，炎天梅蕊简斋诗。”

2 行尊僧正，平安时代末期的天台宗寺门派大僧正。《金夜集》载其《于大峰不意见樱花开》的和歌“山樱与我融情趣，除君之外无知己。”

3 此山不许拾取路上的东西，参拜汤殿山神社时，路上尽是香客撒落的纸钱，因不许拾取，只好踩着纸钱去参拜。

酒田

离羽黑，往鹤冈城下[1]，被迎至长山重行[2]家，吟咏俳谐一卷。[3]左吉[4]亦送余至此，然后乘舟往酒田之港口[5]，宿渊庵不玉[6]医师家。

南眺温海山，
北望吹浦滨。[7]
傍晚好乘凉，
壮景入胸襟。

滔滔最上川，
一日热天送入海。

---

1 鹤冈，酒井左卫门尉忠直的十四万石俸禄的城下町。位于今山形县鹤冈市。

2 长山重行，酒井藩士。通称五郎右卫门。俳号重行。在江户时入芭蕉门下。

3 由芭蕉发句，与重行、曾良、露丸四人吟歌仙。

4 图司左吉。

5 最上川的河口，运载庄内的大米、红花的港口。

6 渊庵不玉（1640—1697），本名伊东玄顺。俳号不玉，医号渊庵，酒田俳坛的核心。芭蕉在酒田时入其门下。

7 温海山在酒田以南约四十公里，吹浦滨在酒田以北二十五公里。这是芭蕉在最上川乘凉的俳谐。

象潟

阅过无尽山河水陆[1]之风光，于今象潟[2]萦绕于方寸之间。自酒田港往东北方向，翻山岭，沿海滩，踏软沙，[3]行十里。日渐倾斜，海风扬沙，细雨朦胧，鸟海[4]潜形。暗中摸索，若雨景亦奇妙，[5]雨后晴光则潋滟绮丽。[6]是夜，余宿于渔夫容膝之陋屋，以待雨霁天晴。

翌日清晨，天色晴朗，朝阳灿烂，乃泛舟象潟。先至能因岛[7]，访其闲居三年之地。[8]然后于对岸登陆，有和歌吟咏“钓舟花上行”[9]之古老樱树，尚存西行法师昔日之残影。岸上有皇陵，传为神功皇后[10]之墓。有寺名干满

1　山，出羽三山等；河，名取川等；海，松岛等；陆，宫城县等。

2　象潟，酒田东北面约五十公里。通往日本海的潟湖，南北四公里，东西二公里，中有九十九个小岛，与松岛齐名。但由于文化元年（1804）的地震，地壳隆起，景观消失。今秋田县由利郡。

3《唐宋千家联珠诗格·西湖》：“西湖十里岸横斜，稳踏青鞋步软沙。”

4　鸟海山，象潟东南面二十公里的高 2237 米的休眠火山。在秋田县由利郡与山形县饱海郡的县境。亦称秋田富士。

5　策彦周良《晚过西湖》：“余杭门外日将晡，多景朦胧一景无。参得雨奇晴好句，暗中摸索识西湖。”

6　苏轼《饮湖上初晴后雨》：“水光潋滟晴方好，山色空蒙雨亦奇。”

7　能因岛，传说能因闲居之地。今干满珠寺南面的小丘。能因，平安时代中期的歌人，中古三十六歌仙之一。俗名橘永恺。向藤原长能学习和歌，开歌道师承之先例。剃发为僧，称古曾部入道，曾云游奥州。

8　能因似到过此道，但幽居乃传说。《后拾遗集》收有他的和歌：“浮世如斯度，象潟渔夫小茅屋，为我作宿处。”

9《继尾集》载西行的和歌：“象潟繁樱如波浪，渔夫钓舟花上行。”但这首是否西行之作尚存疑问。

10　神功皇后，第十四代仲哀天皇的皇后，第十五代应神天皇的母亲。

珠寺[1]，然未闻皇后行幸此处，不知何故。坐该寺方丈[2]之内，卷帘眺望，风景尽收眼底。南[3]有鸟海山擎天矗立，倒影映海。西有有耶无耶关[4]，其路无尽。东筑堤坝，可遥通秋田。[5]北控大海，波涛涌入之处称为汐越[6]。湾面宽约一里，[7]貌似松岛，却独有异趣。松岛含笑，象潟忧怨，岑寂悲凄，其地貌令人荡气断魂。

象潟绰约姿，
雨里合欢花含愁，
婀娜似西施。[8]

汐越海滩上，
潮水涌来湿鹤胫，
大海好清凉。

祭典
正是象潟祭神时，

1　干满珠寺，传神功皇后攻打百济回国途中，漂泊此地，以其所带的干珠、满珠两颗珠子可以随意祈祷海潮的涨落，因以寺名。先属天台宗，后属曹洞宗。

2　方丈，此指禅宗寺的大堂。

3　实为东南，以下方位应分别为西南、东北、西北。

4　有耶无耶关，指由利郡象潟町关的遗迹。

5　秋田，佐竹义处的领地。今秋田地方。

6　汐越，在象潟以西，沿海的低地。日本海的海水流入象潟湾的地方，也是当时村落的名称。此处泛指整个象潟。

7　里，日本长度单位，1 里约为 3.9 公里。

8　苏轼《饮湖上初晴后雨》:“若把西湖比西子，浓妆淡抹总相宜。”

不知食物是什么？[1]　　（曾良）

门板铺地上，
渔夫好乘凉。　　（美浓国商人低耳[2]）

岩上见雎鸠巢

筑巢山岩上，
岩高不怕波浪袭，
雎鸠恩爱长。[3]　　（曾良）

越后路

滞留数日，惜别酒田，遥望北陆[4]之云，[5]思山川迢远，行旅艰辛，不禁忧伤。闻至加贺府，[6]有一百三十里

1　正好遇见汐越的守护神熊野权现的夏季祭祀，此地的神祭方式很古老，据说不吃鱼，具体食用之物不明。

2　低耳，本名宫本弥三郎，岐阜长良人，在奥羽、北陆、美极一带经商。芭蕉门人。在芭蕉旅行中赶来与他相会。

3 《诗经》："关关雎鸠，在河之洲，窈窕淑女，君子好逑。"

4　北陆，指若狭、越前、加贺、能登、越中、越后、佐渡七国。

5　陶渊明《和郭主簿·其一》："遥遥望白云，怀古一何深。"

6　加贺，加贺前田藩的城下町。府为城市之意。今金泽市。

之遥。过鼠关[1]，入越后之地，至越中国之市振关。[2]此间行九日，[3]溽暑劳神，发病，故途中之事未能记述。

七月初六日，
今宵月色不寻常，
明天是七夕。

大海翻狂澜，
银河横卧佐渡天。

市振

今过亲不知、子不知、犬戾、驹返[4]等北国最艰险之地段，劳顿疲惫。引枕就寝，却闻西面邻室有两个年轻女子说话，时而间杂老年男子之声，乃越后国新潟[5]之妓女。闻其言，知是前往参拜伊势神宫，[6]男子送至此关[7]，明

---

1 鼠关，亦称念珠关。东国三关之一。白雉四年（653）设置，以作为进攻虾夷的据点，后成为羽前与越后国境的关隘。

2 市振关，越后与越中国境的关隘。此关在越后，芭蕉记忆有误。

3 实际上从酒田行十六日，从鼠关行十四日，俗称“越后路十日，越中路三日”。

4 在西颈城郡青海町的风波与市振之间的海岸难行之地，在惊涛骇浪的断崖绝壁底下行走，顺序应为犬戾、驹返、亲不知、子不知。

5 今新潟市。

6 伊势神宫，三重县伊势市的皇室宗庙。当时越后习俗，人在一生中必须至少去伊势神宫参拜一次。即使事先不告诉主人或家人，也不会受到斥责。

7 指市振关。

《六十余州名所图会　越后　亲不知》

日返乡。女子作书留言托其带回，言语交谈，“白浪涌动海滨，[1]人生流离无定，犹如渔夫漂泊，沦落风尘浊世，夜夜露水夫妻，日日孽障报应。”余闻之入眠。翌日早晨出发之际，女子对余等言道：“此去不识路途，忐忑慌乱，失措心悲。愿远随法师[2]之后前行，恳请蒙赐法衣之恩德，慈悲之情怀，以结此段佛缘。”潸然落泪。余虽感哀悯，然答曰：“我等多随处而宿。汝等随众人前行即可，神明保佑，必定无恙。”言毕上路，黯然神伤，拂之不去。

借宿一家共妓女，
秋月朗照胡枝子。

吟此句，由曾良记录。

入加贺

过黑部四十八濑[3]无数河川，至那古[4]海湾。闻道担笼[5]之藤花即使不是春天，初秋亦有其独特情趣，问于人，言道：“此去五里，沿砂石海滩，入对面山背，虽有

1 《和汉朗咏集·游女》：“白浪涌海滨，犹如渔夫人世间，漂泊宿无定。”海滨，指海边的妓院。

2 芭蕉、曾良皆僧侣装束。

3 黑部川河口附近河道极多，自古以来就有黑部四十八濑之称，多有险滩激流。

4 那古，亦称奈吴浦。今富山县新凑市堀冈町的海岸。

5 担笼，位于富山县冰见市的西南面，新凑市的海岸一带。以藤花著称。

渔夫陋舍，然恐不借人住宿。”余为此言所惧，乃作罢，入加贺国[1]。

清香扑鼻来，
早稻田里散步行，
右边有矶海[2]。

金泽

过卯花山[3]、俱利伽罗谷[4]，七月十五日抵金泽。恰逢自大阪来此之商人何处，[5]共宿同一旅社。此地有一笑[6]者，热衷于俳谐之道，早有耳闻，其名渐扬，然于去冬夭亡。今其兄举行追荐法事，余乃吟一句。

悼君我悲恸，
化作秋风萧瑟声，
坟冢也惊动。

---

1 加贺国，前田家俸禄百万名的领地。今石川县。
2 有矶海，富山县高冈市伏木港西北一带的海。
3 卯花山，亦称源氏山，在富山县砺波郡，是砺波山的延续。
4 俱利伽罗谷，加贺与越中国境俱利伽罗岭的山谷。木曾义仲击败平家的古战场。
5 何处，似为大阪道修町的药材商人，不是芭蕉的门人，但与芭蕉等有交往。
6 小杉一笑（1653—1688），通称茶屋新七。在金泽片町经营茶叶，曾为贞门派俳人，后倾向蕉风。

《六十余州名所图会　加贺　金泽八胜之内莲湖之渔火》

应邀某草庵[1]

摘来茄子、瓜，
各自剥皮尝新鲜，
秋凉忘残夏。

途中吟

烈日仍炎炎，
秋风感凉意。

在小松[2]

小松名可爱，
秋风吹小松。
芒草胡枝子，
起伏随风动。

多太神社

自小松诣多太神社，[3]藏有实盛[4]之头盔及锦衣碎

1 斋藤一泉的松幻庵。

2 小松，金泽以西约三十公里。今石川县小松市。

3 多太神社，加贺国能美郡的总神社，在小松市上本折町。

4 斋藤实盛（1111—1183），别名长井别当。初仕于源义朝，义朝灭亡后，仕于平宗盛。寿永二年（1183）在征讨木曾义仲战斗中，身穿平宗盛赐予的锦衣，将白发染黑而出战，阵亡，享年七十三岁。

片。锦衣乃实盛往昔仕于源氏时义朝公所赐，果非普通武士之物。护目及护耳，皆刻有菊花蔓草纹，并镶金。龙头[1]两边饰有凤翔形金属。余观缘起，[2]知实盛阵亡后，木曾义仲[3]将这些遗物附以祈愿文，派樋口次郎[4]供献于此神社。

嘻呜惨矣哉！[5]
白发将军头盔下，
忍听秋蛩泣。

那谷

往山中温泉[6]，身后乃白根岳[7]。左面山边有观音堂[8]。

---

1 龙头，头盔前面的龙头形装饰。

2 缘起，即《加州小松八藩宫宝物缘起》。但这些情况并不是记载在缘起里，而是见于《木曾义仲副书》。

3 源义仲（1154—1184），源为义的次子义贤之子。因在信浓国的木曾谷长大，故被称作“木曾义仲”。义贤战败后，两岁的义仲被实盛抚养七天。寿永三年（1184）任征夷大将军，但被源范赖、源义经打败，阵亡于近江国栗津。

4 樋口兼光（？—1184），中原兼远的次子。通称樋口次郎。义仲四天王之一。义仲的家臣，与实盛深交。他亲自检验确认实盛的首级。

5 谣曲《实盛》描写樋口次郎检验确认实盛首级时发出“嘻呜惨矣哉”的感叹。芭蕉以此作为俳谐的第一句。

6 山中温泉，小松西南约二十公里，石川县江沼郡山中町的著名温泉。

7 白根岳，加贺、越前、飞驒国境的白山。但从小松前往山中，白根岳不在身后。

8 观音堂，自在山那谷寺，祭祀千手观音。在小松市那谷町。

花山法皇[1]巡礼朝拜三十三处观音寺[2]后，将大慈大悲观音像安置于此，[3]命名为那谷寺。据云分别取那智[4]、谷汲[5]之头字组合而成。奇石各种，古松成排，岩上有茅草葺顶之小堂，[6]风景优美。

寺中石山白，
秋风更比山石白。

山中

浴温泉。据云其功效仅次于有马[7]。

山中浴温泉，
何须沿途摘菊花，
汤味沁心间。[8]

---

1 花山法皇，第六十五代天皇。宽和二年退位，巡礼朝拜近畿的灵地寺院。

2 三十三处观音寺，从纪伊那智山至美浓谷汲的西国三十三处观音灵地。

3 其实安置观音像的是建造该寺的僧侣泰澄。

4 那智，纪州那智的青岩渡寺，西国三十三处观音堂的第一处。

5 谷汲，美浓谷汲的华岩寺，西国三十三处观音堂的最后一处。

6 堂，指前殿。

7 有马，兵库县有马温泉。

8《太平记》载，中国周穆王的侍童慈童因获罪被流放到南阳郡郦县，他在此处吸菊花上的露水，活到七百岁。芭蕉吟山中温泉的功效可以延年益寿，无须采菊沐浴菊花汤。

旅舍主人名久米之助[1]，仍为小童也。其父[2]好俳谐，京都之贞室[3]年轻时曾来此地，为风雅所辱，[4]归洛[5]后为贞德[6]门人，遂名闻天下。据云功名成就之后，唯不索取此村之点评[7]酬金。此事如今亦成旧话。

曾良患腹疾，伊势国长岛[8]有亲戚，[9]遂先行，乃书一句予余。

此行未可知，
即使野曝亦选择，
遍地胡枝子。　　　（曾良）

去者悲伤，留者凄怆，如双凫分飞，[10]徘徊云端。余亦赠其一句。

今起两地思，

1　久米之助，和泉屋甚左卫门的幼名。当时十四岁。芭蕉将自己俳号桃青的“桃”字送给他，命名其俳号为“桃夭”。

2　和泉屋又兵卫丰连。

3　即安原贞室。

4　传说贞室来到那谷村时，住在旅社里，当地俳人让他作俳谐。他因是商人，不谙俳谐，被人耻笑。

5　洛，即京都。

6　松永贞德（1571—1654），近世初期俳谐发展期的领袖，贞门俳谐之祖。

7　点评，对俳谐作品加以修改评论。

8　长岛，今三重县桑名郡长岛町。曾良曾是长岛藩武士。

9　曾良的叔叔曾是大智院的住持。

10　《苏武别李陵》：“双凫俱北飞，一凫独南翔。子当留斯馆，我当归故乡。”

且将斗笠晨露水，
抹消斗笠字。[1]

全昌寺

宿大圣持[2]城外之全昌寺[3]。此犹加贺之地。曾良亦于前夜宿此寺，书留一句予余。

终宵听秋风，
后山萧瑟声。　　　（曾良）

一夜之隔，恍若千里。余亦听闻秋风，卧眠僧舍。天将拂晓，读经清朗，钟板[4]齐响，进入食堂。今日须往越前国[5]，乃匆匆离去。年轻僧侣怀抱纸砚，追至阶下，索求一句。时见园中柳叶飘落，乃即吟草成一句。

辞寺登旅程，
本应庭院打扫净，

1　指写在斗笠上的“乾坤无往同行二人”。

2　大圣持，山中温泉西北面约八公里。今加贺市大圣寺町。“持”与“寺”同。

3　全昌寺，和泉屋的菩提寺，曹洞宗。在大圣寺的南郊。今大圣寺神明町。住持是久米之助的叔叔。

4　板，寺院敲击的云状金属板或木板。

5　越前国，今福井县。

柳树叶飘零。

脚穿草鞋，未及推敲，潦草书之。

汐越松

乘舟入越前[1]国境之吉崎湾[2]。观汐越松[3]。

终宵狂风浪排空，
月光低垂汐越松。　　（西行[4]）

此一首道尽风光。添一字，如成无用之指。[5]

丸冈天龙寺长老[6]为余老友，访之。又，金泽之北枝[7]言仅送余一段，终至此地。所到之处，所见之景，北枝皆苦心孤诣于俳谐，时有妙思佳构。今将临别，赠其一句。

1　越前，加贺国与越前国的国境。

2　吉崎湾，今福井县坂井郡金津町吉崎的北潟湖。有莲如上人的遗迹、一向宗的吉崎御坊。

3　汐越松，吉崎对岸滨坂海角的汐越神社一带的小松林。

4　这首和歌实际并非西行所作，而是一向宗的莲如上人的作品。

5《庄子·骈拇》："骈于足者，连无用之肉也。枝于手者，树无用之指也。"

6　应为松冈。当时是本多飞驒守重益的城下町。天龙寺在松平中务大辅昌利的城下町松冈，是曹洞宗的寺院，松平家的菩提寺。住持是大梦和尚，曾任江户品川天龙寺住持。长老或为住持，或相当于住持的僧侣。

7　立花北枝（？—1718），江户时代中期俳人，通称研屋源四郎。蕉门十哲之一。

题词裂扇两分留，
此情难舍仍依依。

约行五十町，进山，参拜永平寺。[1]道元禅师[2]开创之寺也。避邦畿千里，[3]择此偏僻山阴之地建寺，实为佛教修行之可贵也。

福井

福井[4]在三里之外，晚餐后前往，日色昏暗，蹒跚而行。此地有老友等栽[5]隐士，曾来江户访余。乃十余年前之事也。或已过世，然向人打听，尚健在，且告余其住所。即前往，于市内幽僻之处，见一陋屋，葫芦、丝瓜爬蔓，鸡冠花、帚草茂密遮门。以为即此，遂叩门，一穿着寒酸之女人开门道："法师自何处来？家主在近处某人家访友。若有事，请前往。"余知其乃等栽之妻。昔时物语[6]中常有此种描述，亦如此情趣也。寻得等栽，在

1　永平寺，道元法师开创的曹洞宗大本山。今福井县吉田郡永平寺町。

2　道元禅师（1200—1253），贞应二年（1223）入宋，师从如静禅师，安贞三年（1229）回日。应越前守护波多野义重之恳请，于宽元元年（1242）创建永平寺。日本曹洞宗的始祖。《越前名胜志》说，道元的师父如静禅师是吴越州（浙江）人，所以道元听到在越前国建寺，非常高兴。

3　《诗经·商颂》："邦畿千里，维民所止。"邦畿，帝都之地。

4　福井，当时是松平昌亲的城下町。今福井市。

5　等栽，俳号应为等哉或洞哉，贞门派俳人，福井县俳坛的长老。

6　指《源氏物语》中《夕颜》一章的描写。

其家宿两夜，然后往敦贺[1]赏月。等栽言送至敦贺，乃撩起衣襟，其状滑稽，兴致勃勃充当向导。

敦贺

一路行走，白根岳逐渐退隐，比那岳[2]渐次出现。过浅水桥[3]，玉江[4]之芦苇已抽穗。过莺关[5]，翻越汤尾岭[6]，至燧城[7]，于归山[8]听第一阵南飞之雁鸣。十四日黄昏，宿敦贺港。

是夜，月色尤明。余道："明夜亦如此乎。"旅舍主人[9]言："越路天气易变，明夜阴晴犹不可知。"[10]乃劝酒。连夜参拜气比神社[11]，乃祭祀仲哀天皇[12]之寺。气氛肃穆庄严，月光自松树间漏下，神前之白沙仿若铺

1 敦贺，北陆第一港口城市。今敦贺市。

2 比那岳，亦称雏岳、日水岳。今日野山。在福井与敦贺之间，位于福井县武生市东南约五公里。

3 浅水桥，福井市足羽郡麻生津浅水川上的桥。

4 玉江，今福井市花堂町的虚空藏川有其遗迹。玉江以芦苇著称，古歌多吟之。

5 莺关，汤尾与鲭波之间的关隘遗址。

6 汤尾岭，从福井县南城郡胁本前往今庄之间的山岭。义仲的古战场。

7 燧城，汤尾岭对面的山，有义仲城堡遗迹。

8 归山，从今庄前往木目岭的小山。古歌吟咏在此听雁鸣。

9 旅舍主人，指唐人桥的出云屋弥市郎。

10 孙明复《八月十四日》："清樽素瑟宜先赏，明夜阴晴不可知。"

11 气比神社，越前第一大神社，祭祀有第十四代仲哀天皇等七座神像。

12 仲哀天皇，记纪传说中的第十四代天皇，名足仲彦。日本武尊的第四子。征伐熊袭的途中，在筑前国的香椎宫去世。

《六十余州名所图会　越前　敦贺气比之松原》

霜。主人道："昔有游行二世上人[1]，立下宏愿，亲自除草、搬运土石，干涸泥淳，除去参拜行道之不便。古例袭传，至今世代游行上人依然担沙神前。此谓'游行担沙[2]'。"

天清皓月光，
游行运来白沙上，
朗照似繁霜。

十五日，果如主人所言，降雨。

来赏中秋月，
北国阴晴不可知，
无奈秋雨夜。

种滨

十六日，雨霁天晴。欲拾取红色小贝，乘舟往种

1 游行二世上人，时宗二祖他阿上人真教，继承时宗开祖一遍上人的遗志，致力于发展宗门。

2 游行担沙，为纪念游行二世的事迹，世代游行上人都要举行到海边将白沙担运到神前的仪式。元禄二年（1689）也曾举行。

滨[1]。海上七里，有天屋[2]者，准备食盒、竹筒[3]，细致周到。从者甚众，舟行顺风，倏忽而至。海边仅有数户渔民小屋，有一简陋法华寺[4]。于此饮茶、温酒，俄顷日暮，不胜寥寂。

秋寂数须磨，
种滨凄楚何堪忍，
更比须磨苦。

细浪荡海滩，
红色小贝拣，
胡枝子花瓣，
掺杂在其间。

是日概括由等栽记述，留存寺里。

大垣

露通[5]亦至港口迎接，陪余往美浓国。[6]借助马力，

1 种滨，敦贺湾西北面的海滨。
2 指天屋五郎右卫门，在敦贺经营货船批发生意。俳号玄流子。
3 用以装酒的竹筒。
4 法华宗的寺院。指本隆寺。
5 露通，应为路通。芭蕉门人。
6 美浓国，今岐阜县。大垣属美浓国。

入大垣町。曾良亦自伊势来，越人亦驰马赶来，齐聚如行[1]家。前川子[2]、荆口父子[3]及其他众人日夜来访，若会死而复生之人，喜悦宽慰。余长途跋涉之疲乏尚未恢复，不觉已是九月六日，欲往观看伊势迁宫[4]，又乘舟[5]启程。

蛤蜊壳肉离，
此时分别去二见，[6]
秋日行迟迟。

---

1 如行，近藤如行，大垣藩士，芭蕉门人，大垣的蕉门核心人物。

2 前川子，津田前川，大垣藩士，“子”为敬称。

3 荆口父子，宫崎太左卫门，大垣藩士，芭蕉门人。长子宫崎此筋、次子冈田千川、三子秋山文鸟皆入蕉门。

4 伊势迁宫，伊势皇大神宫每二十年都要重新修建，举行迁移神座仪式。当时的迁宫仪式是内宫九月十日、外宫九月十三日举行。

5 大垣市内的舟町港乘船下水门川，出揖斐川，往伊势长岛。

6 二见是伊势神宫的所在地。

《富士三十六景　伊势二见浦》

嵯峨日记[1]

元禄四年辛未四月十八日，游于嵯峨[2]，至去来[3]之落柿舍。[4]凡兆[5]亦来，及暮乃归。因余仍要小住，去来使人补缀拉门，薅除野草，收拾舍中一间以为卧室，摆一桌，桌上置砚台、书盒、《白氏文集》[6]《本朝一人一首》[7]

---

1 这是芭蕉于元禄四年（1691）四月十八日至五月四日居住在洛西嵯峨的门人向井去来别墅落柿舍时的日记。

2 嵯峨，今京都市右京区嵯峨。

3 向井去来（1651—1704），名兼时，通称平四郎。蕉门十哲之一。编著有《猿蓑》《去来抄》。

4 落柿舍，去来购买的某富豪的别墅。

5 野泽凡兆（？—1714），又称宫城凡兆，在京都行医。芭蕉门人，《猿蓑》的编者之一。

6 白居易的诗文集。

7 收入自天智天皇至德川天皇时代的名家百人汉诗，一人一首。林恕编。宽文五年（1665）出版。

《世继物语》[1]《源氏物语》[2]《土佐日记》[3]《松叶集》,[4]另，汉式花纹泥金绘之五层食盒内装有各色点心，名酒一壶，备有酒盅。卧具及食物皆自京都带来，不愁匮乏。余乃忘却贫穷之身，享受清闲之乐。

十九日，过午，诣临川寺[5]。大井川[6]流淌于前，岚山[7]耸立于右，山脉延至松尾村[8]。参拜虚空藏[9]之香客来往众多。松尾之竹林中有小督[10]宅第遗迹，加上上嵯峨、下嵯峨，共三处。不知何处为真迹。仲国驻马[11]之驹留桥即在近处，姑且以此为真。墓在三间屋[12]旁边之竹丛中，植有两株樱树以为标记。当初锦衣玉食高贵身，终成荒山野地竹下尘，顿生昭君村柳、巫女庙花[13]之悲叹。

---

1 《荣华物语》或《大镜》的异名。

2 日本最早的长编小说，成书于十一世纪，作者为日本平安时代中期女作家紫式部。现存五十四卷。

3 日本最早的假名日记。纪贯之著。假托女性之手记述他从土佐国守任满回京都一路的情景。

4 即《松叶名所和歌集》。宗惠编，共十六卷，收入吟咏各地名胜的和歌。

5 临川寺，大堰川边，渡月桥东北面的临济宗天龙寺派的寺院。

6 大井川，即大堰川。桂川的上游流经嵯峨、松尾附近称为大井川。

7 岚山，京都市西部的山，面对大堰川，与龟山、小仓山相对。观赏樱花、红叶的胜地。

8 松尾村，岚山南面延续的村落。

9 虚空藏，岚山以东、渡月桥以南的智福山法轮寺，祭祀虚空藏菩萨。

10 小督，藤原成范的女儿，高仓天皇的宠妃。由于受到平清盛的压迫，隐居嵯峨，削发为尼。

11 仲国驻马，小督隐居嵯峨后，高仓天皇派源仲国来此寻找。他于中秋明月之夜骑马至此，听到琴声，乃驻马，找到小督。

12 三间屋，亦称三轩茶屋。在渡月桥西面。

13 白居易《题峡中石上》:“巫女庙花红似粉，昭君村柳翠于眉。”

人生忧患深，
最终化竹笋。

岚山绿妖娆，
茂密竹丛秋风过，
若见风行道。

及日斜，归落柿舍。凡兆自京都来，去来归京都去。早寝。

二十日，欲观北嵯峨祭[1]。羽红尼[2]来。去来自京都来，余途中吟。

稚童摘麦好热闹，
麦穗长共儿童高。　　　（去来）

落柿舍之建构原封未动，破损坍塌，随处可见。然今之残破景象似比昔日之豪华气派更富情趣。雕梁画栋，风吹雨淋。奇石怪松，艾蒿掩埋，竹廊前一株柚树芳花馨香。

1　北嵯峨祭，爱宕权现祭，每年阴历四月中旬的亥日举行。当年二十日为乙亥。
2　羽红尼，野泽凡兆的妻子。那年春天剃发为尼。芭蕉的著名女弟子。

芳香柚子花，
诉说当年豪华事，
厨房亦宽大。

杜鹃鸣上天，
晴朗月色照竹丛，
清光漏其间。

又来嵯峨山，
草莓快红熟。　　（羽红尼）

去来之嫂[1]遣人送来点心、菜蔬等物。

今宵留宿羽红夫妇。一顶蚊帐，挤卧五人，[2]憋屈难以入眠，过夜半相继起身，取出白日之点心、酒盅，聊至天亮。余言及去夏[3]宿凡兆住宅，一帐卧四国人[4]，乃书“思有四事，梦亦四种”[5]等事。皆大笑。天亮，羽红、凡兆回京都。去来犹留。

二十一日，昨夜未眠，精神不振，天色亦与昨日相

1　去来的兄长向井元端的妻子。

2　芭蕉、去来、凡兆、羽红，另一个大概是向井家的仆人，一说是看守屋子的与平。

3　去夏，指元禄三年（1690）八月。当时凡兆住京都。

4　四国人，指芭蕉是伊贺国人，去来是肥前国长崎人，丈草是尾张国犬山人，凡兆是加贺国金泽人。

5《诸经要集》:“如善见律云，梦有四种。一,四大（地、水、火、风）不和梦；二，先见梦；三，天人梦；四，想梦。”

异，晨起阴霾，时而降雨，乃终日卧眠。及暮，去来回京都。夜不能寐，遂寻出幻住庵[1]未竟之草稿[2]誊清。

二十二日，晨雨。今无他人，顿生寂寞，乃随手戏书：

“居丧者以悲为主，饮酒者以乐为主。”[3]西上人吟“无寂无忧”[4]恐亦以寂寞为主。彼又吟：

本欲独居深山里，
布谷声声唤谁人。　　　　（西行）

唯独居意趣深远。余友素堂常言，长啸隐士[5]曰“客得半日之闲，主失半日之闲”，[6]诚乃是也。余亦有一句：

我心本孤凄，
布谷声声鸣不停，
快快催岑寂。

1　幻住庵，近江国石山的奥国分山中的草庵。芭蕉于元禄三年（1690）入庵住到7月底。

2《儿又日记》或《笈之小文》。

3《庄子·渔父》：“忠贞以功为主，饮酒以乐为主，处丧以哀为主，事亲以适为主。”

4　西行《山家集》：“无客寻访绝人迹，无寂无忧居山里。”

5　长啸隐士，木下长啸子。歌人。因是丰臣秀吉妻子北政所的外甥，曾任若狭小滨城主，大阪战役后，封地被夺，遂削发隐居京都东山，向幽斋学习和歌。

6　见长啸子《举白集》。

此乃独居某寺[1]时所吟。

傍晚，去来寄来一束信函。

因乙州[2]已自武江[3]回大津，其中许多（江户之）旧友、门人（托他带来）之书简。曲水[4]函云，曾访余昔日之芭蕉庵旧址，遇宗波。[5]且附一句：

忆昔清流洗小锅，
今日堇花开寂寞。　　　（曲水）

又云："余之住所，计弓杖两张，[6]枫树一株外，别无绿色。"

初夏枫叶萌茶色，
兴盛不过一时间。　　　（曲水）

岚雪信函中亦附有两句：

蕨菜是"紫尘"，

1　指三重县长岛的大智寺。

2　川井乙州，通称又七，住在大津。芭蕉门人。

3　武江，即武藏国江户。

4　曲水，菅沼定常，后号曲翠，通称外记。膳所本多藩士。芭蕉门人。

5　宗波，住在芭蕉庵附近的僧侣。芭蕉门人。

6　弓杖两张，这是曲水说自己家的庭院很小。以弓的长度进行计算，一张弓长一般为 7.5 日尺，约 2.2 米；两张弓长约 4.5 米。

别出“尘土”薇菜来。[1]　（岚雪）

佣人辞别去，
童稚也伤心。[2]　（岚雪）

其他信函，亦多记述各种伤怀眷恋之事。

二十三日。

晓月挂长空，
击掌参拜听回声，
曙光已朦胧。

每见竹笋忆幼时，
涂鸦戏作竹笋图。

麦子渐熟日透红，
无心云雀啼长空。

本是庸碌人，
无聊欲入眠。

1　蕨菜自古以来就称为紫尘。蕨菜中混有薇菜，把薇菜挑拣出来，好像从“紫尘”中把“尘土”挑出来一样。

2　江户时代，一般每年三月五日是商家雇用的用人雇用期满的日子。主人家的孩子与佣人已经熟悉，看到他们离去，幼小的心灵也感到悲哀。

喧闹苇滨雀，
使我难安闲。

题落柿舍
豆地薪木屋，
皆是名胜处。　　　　（凡兆）

及暮，去来自京都来。
膳所昌房、[1]大津尚白[2]皆有信函。
凡兆来。访坚田本福寺，[3]夜宿该寺。
凡兆回京都。

二十五日，千那回大津。
史邦[4]、丈草[5]来访。

题落柿舍
深对峨峰伴鸟鱼，
就荒喜似野人居。

1　膳所在大津市内。昌房，矶田氏，通称茶屋与次兵卫，芭蕉门人。
2　住在大津的尚白。江左尚白（1650—1722），字三益，医者，芭蕉门人。编撰有《孤松》《忘梅》《夏衣》等。
3　坚田本福寺在大津市内，第十一代住持千那是芭蕉的门人。
4　中村史邦，通称荒右卫门。芭蕉的门人。仕于仙洞御所。当时住在京都，后移居江户。
5　内藤丈草（1662—1704），通称林右卫门。原为尾张犬山藩士，后遁世隐居近江松本。蕉门十哲之一。

枝头今欠赤虬卵，
青叶分题堪学书。　　（文草）

寻小督坟

强搅怨情出深宫，
一轮秋月野村风。
昔年仅得求琴韵，
何处独坟竹树中？　　（文草）

萌芽嫩叶茂，
柿子硕果待采摘。　　（史邦）

途中吟

杜鹃鸣啼朴树花，
恰似春日梅樱佳。　　（文草）

感黄山谷之诗句：“杜门觅句陈无已，对客挥毫秦少游。”[1]

乙州来，言武江之事，且携来燃烛五分之俳谐一卷[2]。兹录数句：

1　见黄庭坚《病起荆江亭即事十首》。

2　燃烛五分之俳谐一卷，在蜡烛燃烧五分（约1.5厘米）之内的速吟连句一卷（三十六句）。

药囊揣怀间，
此身非俗亦非僧。

骑马过险山，
技高稳越碓冰岭[1]。　　（其角）

腰系饭盒囊，
望月登程心风狂。

秋风破小屋，
让与旅人度时光。　　（其角）

夜宿宇津山[2]，
借得女人卧具眠。

密语巧诓骗，
相许却逢斋戒天。　　（其角）

申时[3]起雷鸣电闪，风雨交加，降雹。雹大约三匁[4]（大者如杏子，小者如柴栗），[5]龙过天时即降雹。

1　碓冰岭，从上野国去信浓国途中翻越的险峻山岭。

2　宇津山，静冈县安倍郡与志太郡之间的骏河国宇津谷岭。

3　申时，下午四点至五点之间。

4　匁，日本的重量单位。钱，合千分之一贯，约 3.75 克。三匁，约 11 克。

5《五杂俎》：“相传龙过即降雹，四时皆有。”

二十六日。

萌芽嫩叶茂，
柿子硕果待采摘。　　（史邦）

溲疏白花飘，
零落田地化尘埃。　　（芭蕉）

蜗牛伸触角，
颤动无力轻摇摆。　　（去来）

汲水等井边，
吊桶他人未用完。　　（丈草）

残月挂晓天，
可是“飞脚”[1]马蹄声。[2]　　（乙州）

二十七日，无人来，终日得闲。

二十八日，梦中言及杜国[3]事，泣醒。

1　飞脚，江户时代，每月三次来往于江户与京都之间传递信件、运送物品的人。一般称“三度飞脚”。

2　以上是芭蕉等人的连句。

3　坪井杜国元禄元年（1688）曾与芭蕉到吉野、须磨、明石等地旅行。因获罪被流放到尾张藩隐居，元禄三年殁。

心神相交时成梦。阴尽梦火，阳衰梦水。飞鸟衔发则梦飞，藉带而寝则梦蛇。[1]《睡枕记》[2]、槐安国[3]、庄周梦蝶[4]，皆有其理，不尽其妙。余梦非圣人君子之梦。终日妄想气乱，至夜成梦亦然。诚梦此者，所谓所念梦[5]也。杜国慕余甚深，追余至伊阳[6]故里，旅途卧则同床，起则同行，慰余跋涉劳顿，百日之间，如影随形，陪伴照料，喜悲与共，其情殊深感染余心，不能忘怀，故以梦思。醒来犹泪沾衣袖。

二十九日，晦日，读《一人一首》[7]中奥州高馆[8]之诗："高馆耸天星似胄，衣川通海月如弓。"其地风景有所相异。虽为古人，不至其地，不知其景。[9]

朔日，江州平田明昌寺李由[10]来访。

---

1 《列子·周穆王》："梦有六候……一曰正梦，二曰噩梦，三曰思梦，四曰寤梦，五曰喜梦，六曰惧梦，此六者神交所也。故阴气壮，则梦涉大水而恐惧，阳气壮，则梦涉大火而燔爇。……藉带而寝则梦蛇，飞鸟衔发则梦飞。"

2 大概是指李泌的《枕中记》，系芭蕉记忆有误。

3 槐安国，唐李公佐小说《南柯太守传》中虚构的蚁国。南柯一梦的典故。

4 庄周梦蝶，《庄子·齐物论》："昔者庄周梦为蝴蝶，栩栩然蝴蝶也。自喻适志与！不知周也。俄然觉，则遽遽然周也。"

5 所念梦，即《列子》中的"思梦"。《周礼》注云："觉时思念之所梦。"

6 伊阳，伊贺国上野。

7 《一人一首》，即《本朝一人一首》。

8 《一人一首》卷九载无名氏之七言绝句《赋高馆战场》。高馆是源义经在奥州平原的宅第，最后兵败自尽之地。

9 芭蕉在"奥州小道"的旅行中去过高馆，了解高馆并非高山，而且衣川也不通大海。

10 彦根市平田町明照寺的住持李由，河野通贤。芭蕉的门人。

尚白、千那来函。

撅剩竹笋亦长大，
笋皮宿清露。（李由）

四月已过半，
内衣渐觉贴身上。（尚白）

遣岐[1]
五月端午近，
夫婿陪伴回娘家，
粽子送双亲。（尚白）

二日，曾良来，言及去吉野赏樱后入熊野参拜，并武江旧友、门人诸事。

夏天深入熊野路，
眺望大海在彼处。（曾良）

为赏吉野樱，
翻山深入到大峰[2]，
花事近尾声。（曾良）

---

1 遣岐，其他版本有作“还岐”“迁岐”者。词意不详。
2 大峰，大和国吉野郡十津川东面的山。

日斜时分，泛舟大井川，沿岚山溯流至户难濑[1]，降雨，及暮而归。

三日，自昨夜降雨，终日未停，至夜仍降。仍与曾良继续武江等诸话，至拂晓。

四日，昨夜未眠，身体疲惫，沉睡一日。午起雨停。明日离去落柿舍，心犹不舍，乃巡看舍内诸屋。

今日落柿舍，
补壁白纸亦残破，
梅雨落萧瑟。

1 户难濑，亦称户无濑。从嵯峨沿大堰川上溯不远的激流。

俳文

柴门[1]

九年春秋，[2]寂居市内，[3]终迁至深川边。[4]“长安古来名利地，空手无金行路难。”[5]悟古人所云极是，乃因自身贫困也。

寒风扫落叶，
堆积柴门前。
余扫门前叶，
焚燃烹茶煎。

1　此文收入梅人编撰、宽政三年（1791）出版的《续深川》，大约创作于延宝八年（1680）冬天。

2　芭蕉到江户是宽文十二年（1672），移居深川是延宝八年（1680），其间九年。

3　芭蕉曾于延宝四年（1676）回乡小住，翌年又到江户，在小田原町（今中央区日本桥室町）赁屋而居，开展俳谐活动，并担任神田上水道工程文书之类的工作。

4　江户深川森惣左卫门的宅第，位于今江东区常盘。一说杉风别墅。

5　见白居易《送张山人归嵩阳》。

我识其句（乞食翁）

窗含西岭千秋雪，
门泊东海万里船。[1]

余识其句，不见其心。推量其岑寂，不知其深邃。余胜于老杜[2]之物，唯独多病。以悠闲朴素之心隐居于茅舍之芭蕉叶下，自称“乞食翁”。

寒夜听橹声，
击浪回响冰肠断，
孤寂泪涕零。

贫山铁锅霜降天，
夜来自鸣声凄寒。[3]

1　见杜甫《绝句四首》，应为“门泊东吴万里船”。芭蕉以杜甫草堂比喻自己的草庵，可望见富士山上的雪，听见隅田川的船运声。

2　指杜甫。

3《山海经》：“丰山之钟，霜降自鸣。”芭蕉改“丰山”为“贫山”，改“钟”为“釜”。“贫山”即“贫寺”，指自己的草庵。

买水[1]

嚼冰冻且苦，
买水润喉如偃鼠。[2]

岁暮

倏忽岁已暮，
捣年糕声闻处处，
睡觉倍孤独。

1 当时深川附近水质很差，无法饮用。由水船运来饮用水出售。
2 《庄子·逍遥游》："鷦鷯巢于深林，不过一枝，偃鼠饮河，不过满腹。"芭蕉以偃鼠自喻。偃鼠，指鼹鼠。

寒夜辞[1]

结庐孤居于深川三股[2]岸边，远眺富士峰雪，近看万里泊船。拂晓船去，唯余白浪，[3]芦苇枯叶之梦，[4]岁暮寒风之悲。坐月叹空樽，[5]倚枕愁薄衾。

寒夜听橹声，
击浪回响冰肠断，
孤寂泪涕零。

1　此文收入松雨编撰、宽政十二年（1800）出版的《梦三年》。创作于天和元年（1681）。

2　三股，小名木川汇入隅田川以后的下游稍近处。

3《拾遗集》载沙弥满誓和歌《哀伤》："何以喻此世，拂晓船去余白浪。"比喻世间无常。

4《新古今集》载西行和歌："津国难波春如梦，芦苇枯叶风吹拂。"

5　李白《将进酒》："人生得意须尽欢，莫使金樽空对月。"

『虚栗』跋[1]

《虚栗》一书，其味有四。

李杜尝心酒，[2]寒山啜法粥。[3]因而其句见遥闻远。[4]

闲寂与风雅之不为寻常者，[5]乃寻西行之山家，[6]觅他人不顾之虫蚀栗子也。[7]

表现恋情细致入微，西施袖掩面，黄金铸小紫。[8]上

1　此文是芭蕉为宝井其角编撰的《虚栗》所写的跋。《虚栗》于天和三年(1683)出版，是标志着确立芭蕉新风的代表性作品。

2　李杜，指李白、杜甫。心酒，意为诗心，诗歌的精神。

3　寒山，唐代诗僧。法粥，意为探寻佛法的境界。

4　见遥闻远，意为意境幽深高远。

5　闲寂与风雅是芭蕉俳谐文学的精髓，指俳谐美的本质。把风雅作为俳谐的核心，在诗心上追求闲寂。

6　西行著有《山家集》。此处的山家，既指《山家集》，也含山村人家之意。

7　虫蚀栗子，其角在《虚栗》序中云:“寒风啊，吹拂世人不顾之虚栗”。“虚栗”本意是只有外壳没有果实的空栗子。芭蕉与其角的序相对应，说栗子是有虫眼的栗子，因此一般人不屑一顾。而俳谐所追求的正是一般人无法到达的境界。

8 《锦绣段》载郑獬诗:“若论破吴第一功，黄金只应铸西施。”其角在《虚栗》中戏改为“黄金铸小紫”。小紫是当时江户的名妓。

阳人闺中，[1]青藤绕衣桁。[2]及至下品之人[3]，则深闺娇惯千金女，妇姑勃溪剑弩张。乃至寺院小童、歌舞伎若众[4]之情亦不忍割舍。以假名通俗白氏诗歌，[5]欲有助于初学者。

其语变化多姿，虚实自如，[6]炼句宝鼎，[7]冶字龙泉。[8]是必不为他人之宝，定为汝之宝以待后人偷盗。[9]

天和三癸亥年仲夏日[10]

---

1 白居易《上阳白发人》："上阳人，上阳人，红颜暗老白发新。"

2 青藤绕衣桁，其角在《虚栗》中的接句："清露湿衣袖，青藤绕衣桁。"衣桁，即衣架。

3 指下层人。

4 歌舞伎若众，"若众"指江户时代的未成年男子。江户初期，在女性歌舞伎被禁演以后，出现以"若众"男扮女装的歌舞伎，称为"若众歌舞伎"。由于因此而引发的男色问题，于承应元年（1652）也被禁演。此处指俳谐也以寺院小童、歌舞伎若众的男色作为题材。

5 假名，日语的字母，意为用通俗的语言表达白居易的诗歌。使用假名注音，使初学者容易理解。

6 指《虚栗》的俳谐语言，表现手法多姿多彩，虚实变换，自由自在。

7 司马迁《史记》："皇帝作宝鼎，像天地人。"此句意为对字句千锤百炼。

8 龙泉，指中国汝南西平县的龙渊水，据称古代铸剑以此水淬火，得龙泉剑。此处意为对文字砥砺推敲。

9 意为俳谐的新风期待后人学习。

10 即1683年阴历五月。

士峰赞[1]

昆仑[2]遥闻，蓬莱、方丈[3]乃仙地也。眼前之士峰拔地而起，耸立苍穹，若为日月而开云门，不论何处，皆为美景，千变万化。诗人至此，搜尽枯肠，难以尽意，文人墨客亦觉才疏学拙，画师投笔而逃。若有藐姑射山之神人，[4]其能诗乎？其能画乎？

云飞雾纷涌，
富士巨峰呈奇观，
变幻夺神功。

1　此文大约写于贞享元年（1684）《野曝纪行》之际，最初见于宽治编撰的《芭蕉句选拾遗》，宝历六年（1757）出现。士峰，即富士山。

2　昆仑，指中国的昆仑山。

3　蓬莱、方丈，均为传说中的三神山之一。东海上的岛屿，神仙居住的地方。《史记·秦始皇本纪》："齐人徐市等上书言，海中有三神山，名曰蓬莱、方丈、瀛洲。"

4　《庄子·逍遥游》："藐姑射之山，有神人居焉。"

歌仙赞[1]

伊豫国松山[2]之狂风，[3]吹刮芭蕉洞[4]之枯叶，其声吟咏歌仙。噫，寥寥刁刁，[5]风声鸣玉，金铁之响，[6]或强或弱，令人悲泣，催动愁绪。万窍怒号，[7]声响千变。句句之情趣皆有独到之处。自然天籁之作，唯芭蕉独破飘飘于狂风也。[8]

1　此文大约写于天和（1681—1683）年间，最初见于淡斋编撰的《寒风》，元禄十四年（1701）出版。歌仙是连歌的一卷，三十六句。《寒风》的编者淡斋的父亲井海将歌仙一卷送给芭蕉，芭蕉写此文赞颂。

2　伊豫国松山，今爱媛县松山市。

3　狂风，芭蕉以狂风比喻井海所送的歌仙的风格。文中的“风”都是比喻。

4　芭蕉洞，芭蕉在天和年间的别号。

5《庄子·齐物论》：“而独不闻之翏翏乎？……而独不见调调之刁刁乎？”芭蕉将原文的“翏翏”误记为“寥寥”。

6　欧阳修《秋声赋》：“其触于物也，鏦鏦铮铮，金铁皆鸣。”

7《庄子·齐物论》：“夫大块噫者，其名为风。是唯无作，作则万窍怒呺，而独不闻之翏翏乎？”

8　意为自己读句集的作品深受感动。

竹丛深处[1]

近日宿大和国竹之内，[2]其村之长[3]朝夕问候，以慰旅愁。诚非寻常之人也。心游于高迈之境，身与刍荛[4]猎户相交，自荷锄入渊明之园，[5]牵牛伴箕山[6]隐士。且勤职不倦，似以家贫为乐。唯于纷繁俗世之中偷闲而得闲者，此长也。

宿此竹丛村，
弹棉声似琵琶声，
慰我羁旅心。

1 此文写于贞享元年（1684），最初见于青良编撰的《句仁名尽集》，文政二年（1819）出版。

2 大和国竹之内，今奈良县北葛城郡当麻村。

3 村之长，指世代经营油店的喜卫门庄屋（村长）。

4 刍荛，樵夫。

5 陶渊明《归田园居》："晨兴理荒秽，带月荷锄归。"

6 箕山，在中国河南省。传说尧要把君位让给许由，许由逃到箕山，农耕而食。尧又请他做九州长官，他到颍水边洗耳，表示不想听到。

磨谷声[1]

大和国长尾村[2]实离都城不远，虽为山村，不似山村。主人通情达理，于其居旁建一屋为老母隐居。院前植有草木，摆置奇石。修剪树枝，整理岩石，慰老母曰:“此乃蓬莱之岛，欲取长生不老之药。”吾闻“家贫显孝子”，不贫尽孝古人亦为难事哉。

石臼磨谷声，
家庭不知冬天冷。

1　此文大约写于贞享元年（1684），似为芭蕉旅行至大和国竹内村时所作。《俳谐一叶集》中题为“与某人文”。

2　大和国长尾村，今奈良县北葛城郡当麻村。

卖酒于梅[1]

葛城郡竹内[2]居有一人，妻子殷实，用人成群，春耕秋收，农事繁忙。室内杏花[3]飘香，劳诗人，慰愁客[4]。夏换菖蒲，[5]秋宜金菊，[6]慈童必争菊水之德。[7]

初春香扑鼻，
卖酒向梅花。

1 此文大约写于贞享二年（1685）春，主人大概从事农业兼酿酒业。

2 葛城郡竹内，今奈良县北葛城郡当麻村。

3 杜牧《清明》："借问酒家何处有，牧童遥指杏花村。"此处喻酒香。

4 愁客，指懂情趣、解哀愁的文人。

5 夏天菖蒲开花，以其根泡酒，于端午节饮用，可避邪祛病，谓"菖蒲酒"。

6 秋天重阳节饮菊花酒，传可长寿。

7 本句用周穆王的侍童之典故，意为喝过该主人酿造的酒，其长寿效果必与菊露不相上下。

一枝轩[1]

良医玄随子[2]三度折肱，[3]医家医国。[4]其居名一枝轩。既非桂林一枝[5]之花，亦非微笑一枝[6]之花。南花真人[7]所谓一巢一枝之乐，偃鼠扣腹，[8]游于无何有之乡，愿退愚昧盲目之邪热，治妄智偏见之痼疾。

梅花一枝开，
清香幽远播世间，
淡泊此心怀。

1　此文大约写于贞享二年（1685）。

2　大和竹之内村的医生，明石玄随。"子"为敬称。轩号一枝轩。

3《左传·定公十三年》："三折肱，知为良医。"意为刻苦钻研，积累经验。

4《国语·晋语》："上医医国。"

5《晋书·郤诜传》："累迁雍州刺史，武帝于东堂会送，问诜曰：'卿自以为何如？'诜对曰：'臣举贤良对策，为天下第一，犹桂林之一枝，昆山之片玉。'"

6《五灯会元》载，释迦牟尼在灵山会上说法，大梵天王献上金色菠萝花，佛即拈花示众。大众不解其意，唯有摩诃迦叶破颜微笑。佛说，这是不立文字的教外别传法门，今付与迦叶。因此后世禅宗推迦叶为始祖。

7　南花真人，即庄子。南花，庄子的谥号。

8《庄子·逍遥游》："鹪鹩巢于深林，不过一枝；偃鼠饮河，不过满腹。"

『伊势纪行』跋[1]

浮萍无花无果，唯随意吟咏低俗卑微之戏言。[2]其角一年行旅于都城，[3]与向井去来友善，饮酒品茗之际，论及甘苦涩淡[4]，心似涉水，由浅至深，[5]实乃尝一掬而知百川之味。[6]今秋偕妹诣伊势。白川秋风，芦荻摇曳，所到之处，触景生情，乃书以赠吾草户案下。一吟顿有所感，二诵铭感忘心，三读觉其无事。[7]此人尽致此道[8]也。

与君隔西东，
一样情韵共秋风，
风雅道相同。

---

1 贞享三年（1686）八月，去来偕其妹千子参拜伊势神官，撰纪行文，请芭蕉斧正。芭蕉阅毕，写此跋。

2 此句指俳谐。

3 宝井其角贞享元年（1684）到京都。

4 甘苦涩淡，指对俳谐情趣的种种感受。

5 言对俳谐意境的理解由浅入深的过程。

6 喻触类旁通，学习一些俳谐便能广泛理解俳谐的情趣。

7 苏轼诗：“无事此静坐，一日似两日。”比喻宁静平信之意境。

8 道，指俳谐之道。

墙角梅[1]

访某人家，云主人外出诣寺，一老者独守其庵。见墙脚梅花盛开，云“此花甚似主人相貌”。老者答曰:“此乃邻居之墙也。”

乘兴访君君不在，
梅花亦开邻家墙。

1　此文大约写于贞享三年（1686）或四年（1687）。最初见于成蹊编撰的《之乎利集》，文化九年（1812）出版。但土方编撰的《蕉翁句集》收入在贞享元年创作部分，题为《浅草某人庵》。

雪球[1]

曾良某人[2]暂居附近，朝夕互访。余煮饭时，劈柴相助。烹茶之夜，则来敲户。性喜隐闲，乃断金之交。[3]一夜，冒雪来访。

你为我烧火，
我给你看好东西，
一个圆雪球。

1　此文写于贞享三年（1686）。最初见于《续虚栗》，贞享四年（1687）出版。
2　指曾良，他曾随芭蕉“奥州小道”旅行。
3《易·系辞上》：“二人同心，其利断金。”

闲居之箴[1]

顽梗懒散之翁。平日不愿与人交往，亦无意会客。屡次发誓不邀人来访，然月夜雪晨，思友之心无以排遣。[2]乃默然饮酒，自问自答。推庵户而观雪，执酒杯而独酌，趁兴来而援笔。何顽梗懒散之翁也。

浊酒饮夜雪，
越饮越困觉。

1　写于贞享三年（1686）或元禄元年（1688），初见于支考编撰的《本朝文鉴》，享保三年（1718）出版。

2　白居易诗："琴诗酒伴皆抛我，雪月花时最忆君。"

斗笠记[1]

秋风萧瑟愁寂之际，孤独草庵，借妙观[2]之刀，得竹取之巧，[3]劈竹弯绕，自称作笠翁。技拙，竟日未成，心烦意乱，终渐疏懒。晨于骨架上糊纸，待晚间干后再糊贴一层。涂以柿油[4]染色，再略涂漆使其坚固。约二十日后，乃成。斗笠边缘竹片斜卷入内，圆檐外翘，酷似半开荷叶，比之规矩整饬之笠尤觉情趣盎然。此西行之孤笠[5]乎？坡翁雪天之笠[6]乎？乃欲往宫城之野观

---

1 此文大约写于贞享三年（1686）或贞享四年（1687），最初见于岱阿、松宇编撰的《滚雪球》，宝历六年（1756）出版。

2 妙观，光仁天皇时期的宫廷雕刻师。据说摄津胜尾寺的观音菩萨像是他的作品。

3 竹取，日本民间故事《竹取物语》中的主人公伐竹老翁。本句意为掌握伐竹老翁竹编的技术。

4 柿油，从涩柿核中提取的液汁，用以防腐。

5 西行法师孤独云游四方时戴的斗笠。

6 《和汉文藻》注：“和汉多有东坡戴笠乘驴雪中图。”坡翁，指苏轼。

露，[1]持杖行于吴天之雪。[2]待雪糁之寒雨，尤富意趣，顿觉兴味感怀。乃思遇宗祇之秋雨，[3]爰取笔自书于斗笠背面。

世间风雨多，
尤见宗祇避客栈。

1 《古今集·东歌》："告诉主人们，斗笠请戴上，宫城野树下，露比雨水浓。"宫城野，仙台东西部的平原，以胡枝子著称。

2 《诗人玉屑·禅林句集》载闽僧可士《送僧诗》："笠重吴天雪，鞋香楚地花。"

3 "世间风雨多，客栈更兼秋雨寒"是宗祇的名句。

四山瓢[1]

既非传自颜公墙垣之穗，[2]亦非出自惠子之种。[3]余有一瓢，若托工匠制为花器，大而不成规矩。[4]若制小筒以盛酒，则形状粗鄙。有人云："宜为草庵盛贵重粮食之器具也。"此余实有蓬心[5]之故也。乃从之。遂乞隐士素翁，[6]得名，即上述之文也。[7]每句皆以"山"赠余[8]故称"四

---

1 此文大约写于贞享三年（1686）或贞享四年（1687），最初见于成美编撰的《随斋谐话》，文政二年（1819）出版。文前附有山口素堂的《瓢之铭》云："一瓢重黛山，自笑称箕山。莫惯首阳饿，这中饭颗山。"

2 颜公，孔子的高足颜回。孔子《论语·雍也》："贤哉回也，一箪食，一瓢饮，在陋巷，人不堪其忧，回也不改其乐，贤哉回也。"言此葫芦并非生长在颜回墙垣的葫芦的后裔。

3 惠子，魏国宰相。《庄子·逍遥游》载，惠子对庄子说，魏王送给他一粒葫芦种子，种后结出可容纳五石大米的大葫芦。惠子觉得这么大的东西没有用处，就把它打碎了。

4 《庄子·逍遥游》："其大本雍肿而不中绳墨，其小技卷曲而不中规矩。"

5 出自《庄子·逍遥游》："夫子犹有蓬之心也夫。"

6 隐士素翁，指山口素堂，甲斐人，年轻时到江户师从林春斋学习汉学，俳谐师从北村季吟，与芭蕉同门。起先住在上野不忍池畔，后迁到芭蕉庵附近，与芭蕉深交。

7 指素堂的《瓢之铭》。

8 第三句也作"莫惯首阳山"。

山”。其中饭颗山乃老杜居住之地，有李白戏赠之句。[1]素翁代替李白盛赞余之清贫。且待无米之时，为盛尘土之器具也。得时一壶[2]值千金，黛山[3]比之亦为轻。

庵内唯一瓢，
无米盛放轻飘飘，
人生清贫老。

1 《唐本事诗》载据说是李白的诗《戏赠杜甫》:“饭颗山头逢杜甫，顶戴笠子日卓午。借问别来太瘦生，总为从前作诗苦。”老杜，即杜甫。饭颗，即饭粒。

2 壶，即葫芦瓢。《鹖冠子》:“中河失船，一壶千金。”言河中翻船时，一个浮在水面的葫芦瓢都价值千金，比喻自己的葫芦瓢盛米时也有贵重的价值。

3 黛山，即泰山。

『结草虫说』跋[1]

闭草庵之门，寂寞独处，偶得结草虫一句。吾友素翁[2]甚感之，题诗缀文。[3]其诗如锦绣，其文如珠玑。细品之，有《离骚》之妙，苏新黄奇。[4]

初言虞舜[5]、曾参[6]之孝，其意欲教人以孝为本。及至感慨无能无才之处，则示以南花之心。最终言及恋情吉丁虫，[7]乃戒色也。非翁何人知此虫之心乎？

---

1 山口素堂收到芭蕉的“请到草庵来，聆听结草虫”的俳谐后，来到草庵，并撰写《结草虫说》。此文是芭蕉为其写的跋。大约写于贞享四年（1687）。

2 素翁，即山口素堂。

3 素堂在《结草虫说》后附有一首十六句的四言诗：“蓑虫蓑虫，落入窗中。一丝欲绝，寸心共空。似寄居状，无蜘蛛功。白露甘口，青苔妆恭。从容侵雨，飘然乘风。栖鸦莫啄，家童禁丛。天许作隐，我怜我翁。脱蓑衣去，谁识其终。”蓑虫，即结草虫。

4 陈师道《后山诗话》：“王介甫以工，苏子瞻以新，黄鲁直以奇。”认为苏轼的诗新颖，黄庭坚的诗奇警。

5 虞舜，即虞国人舜，传说对其父瞽叟尽孝。

6 曾参，孔子的弟子，以至孝著称。但素堂的文中未谈及曾参。

7 《御伽草子》记述这样的故事：许多虫子向吉丁虫公主赠送和歌，表示对她的爱慕之情。其中唯有结草虫的情书被她扔掉，不屑一顾。

所谓“静观万物皆自得”，[1]读此文方识此句也。

自古弄笔者多耽于花而疏于实，抑或好实而忘风流。[2]此文其花绮丽，其实犹耐品尝。

爰有某朝湖者，闻知此事，画之。[3]其丹青实为色淡情浓。凝神观之，恍若虫动，疑见黄叶飘落。侧耳细听，如闻虫声唧唧，似觉秋风拂面，犹感嫩寒。

得闲于幽静窗边，承蒙二位[4]好意，结草虫如此体面，不胜欣喜。

---

1 宋代程颢诗《秋日偶成》：“万物静观皆自得，四时佳兴与人同。”

2 芭蕉的“花”指语言，“实”指内容，“风流”指风雅情趣。

3 朝湖，画家英一蝶的号。此句意为读素堂文章，就创作结草虫画。

4 指素堂和朝湖。

『续原』跋[1]

一柳轩主人不卜[2]身处俗尘，生计艰辛，志在高山，心游云端。时而负笈吉野赏花，时而泛舟琵琶[3]观月，多年献身于风雅之道[4]也。虽已二度结集[5]，然春秋远去[6]，云行雨施，[7]东篱之菊，[8]其名变化，唐朝牡丹，花蕊各异。梅花之闲寂，樱花之优艳，因时而异，句亦应时变化而惊人。入句山词林，闻馥郁馨香，折红拾翠。分左右两边，列四季类别。乞四人判士，[9]余亦列忝其一。虽被选

1　此文写于贞享四年（1687），最初见于不卜编撰的《续原》，贞享五年出版。

2　不卜，冈村氏，通称市郎右卫门。

3　琵琶，指琵琶湖。

4　风雅之道，指俳谐。

5　二度结集，指不卜于延宝六年（1678）出版句集《江户广小路》和翌年出版《向之冈》。

6　意为已久经岁月。

7　云行雨施，喻俳谐风格发生变化。

8　陶渊明《饮酒》："采菊东篱下，悠然见南山。"

9　请素堂、调和、湖春、芭蕉四人担任春夏秋冬四季类别俳谐的评判者。

中，诚如窃吹竹笛，[1]然岂能缝青鹭之目，封鹦鹉之嘴。[2]
贞享丁卯之年，[3]洗笔江上之水，独对芭蕉庵雪夜之孤灯。

1　孔稚珪《北山移文》："然而学遁东鲁，习隐南郭。窃吹草堂，滥巾北岳。"借用滥竽充数的典故。

2　意为不能阻止别人的评论。

3　贞享丁卯之年，1687 年。

示权七[1]

去故里，暂栖身流浪于田野之人[2]。有家仆以薪水之劳[3]苦身忧心，其獠奴争阿段之功，[4]陶侃羡胡奴。[5]实乃道不宜取其人，物不宜取其形，可谓“居下位而有上人”。犹不懈铁心石肠[6]。主亦不忘其善。

此时严冬暂蛰居，
一心盼待春梅开。

---

1 此文写于贞享四年（1687）冬。权七,三河保美人，杜国家仆。

2 指坪井杜国。杜国于元禄元年（1688）曾与芭蕉到吉野、须磨、明石等地旅行。因获罪被流放到尾张藩隐居，元禄三年殁。

3 薪水之劳，指砍柴挑水等家务杂事。

4 獠奴阿段，杜甫有《示獠奴阿段》诗，言家仆阿段不畏虎豹，入山中为杜甫取水，另一家仆阿暮却与其争功。

5 陶侃，东晋名将。其所养胡地奴仆有异术。杜甫诗《示獠奴阿段》云:“曾惊陶侃胡奴异，怪尔常穿虎豹群。”

6 铁石心肠，喻坚定的节操。

岁暮

世代之贤人亦以为故乡难忘。余今初老过四，[1]凡事犹念往昔，然虽兄弟高龄难舍，犹于初冬之日启程，[2]风霜雨雪，于腊月末[3]至伊阳[4]山中。倘父母犹在，[5]定悲慈爱之昔时，忆往事之无尽。

岁暮归故里，
凝视脐带思双亲，
感怀泗泪泣。[6]

1　贞享四年（1687），芭蕉四十四岁，已过初老（即四十岁）四年。
2　芭蕉于十月二十五日从江户启程“笈之小文”旅行。
3　十二月下旬。
4　伊阳，指伊贺上野。
5　芭蕉之父于明历二年（1656）殁，母于天和三年（1683）殁。
6　岁暮，芭蕉回到故乡，见到自己出生时的脐带，思念双亲，不由得落泪。

挖掘泥炭之山冈[1]

伊贺山家有物曰泥炭。自土底掘出为薪，非石非木，色黑有味。昔日高梨野也[2]考之曰:传闻“本草有物曰石炭。”[3]此物唯该地燃烧，实属罕见。

冈上梅花应芳香，
胜过挖出黑泥炭。

1 此文作于贞享五年（1688）春。

2 高梨野也，名扬顺，京都人，梅盛门下俳人。

3 《本草纲目》金石部有“石炭”记述。

伊贺新大佛记[1]

伊贺国阿波庄[2]有新大佛，[3]乃奈良东大寺高僧俊乘上人[4]遗迹。今年在故乡过年，邀旧友宗七[5]、宗无[6]等三四人，至此地。山门、钟楼之遗迹埋于枯草之间，所谓“问松古来事，基石唯见三色堇”，似乃此景。犹仍踏草行进，莲花台、狮子座，苔迹斑驳。佛像倒塌于后面之岩洞，久经风霜，青苔掩埋，唯余头部，尚能参拜。上人之塑像安置于草堂之旁，[7]实费众人之力，然悲上人之宏愿终成虚空，不禁无言落泪，唯礼拜无像之石台。

1 此文写于贞享五年（1688）春。
2 伊贺国阿波庄，今三重县阿山郡大山田村。
3 即新大佛寺，又名神龙寺。
4 俊乘坊重源，僧侣，镰仓初期重建东大寺。
5 宗七，窪田氏，伊贺上野人。俳号宗好。经营酿酒业。
6 宗无，萱野氏，伊贺上野人。年轻时侍奉武家，后出家修禅。
7 指奉祀俊乘上人的上人堂。

石座弃蒿艾。
丈六佛像今安在？
阳炎绕高台。

诣高野[1]

登高野深山[2]，见灵场[3]到处，法灯不熄，[4]僧房并排，佛阁列甍。春花一度，一印顿成。[5]飞霞满天。寂寞虚空。[6]猿声鸟啼，断肠之思。静心拜寺[7]，伫立骨堂[8]近旁，不禁思绪起伏。此为众人放置遗物之处，余先祖之鬓发及亲友之遗骨[9]皆安放于此，思之悲从心来，掩袂涕泣，不胜凄凉。

闻雉声声鸣，
思恋父母亲。

1　此文写于贞享五年（1688）春。是年二月，芭蕉回故乡祭祀亡父三十三年忌日后，登高野山。最初见于士朗编撰的《枇杷园随笔》中的《秋举夜话》，文化七年（1810）出版。

2　高野山，位于和歌山县伊都郡高野町，真言宗总本山金刚峰寺的所在地。

3　灵场，指佛显灵的地方。

4　高野山佛堂的常夜灯终日不熄，喻佛法繁盛，不会衰微。

5　春花，指樱花。一印顿成是真言宗教义的基本特征。此句以樱花的开放比喻一个结印。

6　寂寞虚空，指对佛教空灵境界的感悟。

7　指供奉弘法大师的寺院。

8　骨堂，安放骨灰的地方。

9　宽文六年（1666），芭蕉曾将故主蝉吟的遗骨（一说牌位）安放在高野山。蝉吟为芭蕉少时随侍的当地领主藤田良忠的俳号。

十八楼记[1]

美浓国长良川[2]岸边，临水建有一楼。主人加岛氏[3]。稻叶山[4]高耸于后，重峦叠嶂，不远不近矗立于西。田地里之寺院隐于杉树丛中，岸边之民居掩映于修篁之深绿，长长之漂白布到处晾晒，右边有渡船摇荡水面，行人来来往往，络绎不绝，渔家鳞次栉比，拉网者、垂钓者，一片繁忙，皆为此楼之眺望增景添色。

观赏之际，不禁忘却长夏之日暮，夕阳坠落，明月初升，篝火之红光镶嵌于水波，摇影碎辉。二楼雕栏之下，鱼鹰入水。此旖旎风光实令人赏心悦目，可谓集潇

1　此文写于贞享五年（1688）夏天，最初见于支考编撰的《笈日记》，元禄八年（1695）出版。

2　长良川，岐阜市以北的河流，流经稻叶山麓，入木曾川，然后分流，与揖斐川汇合。

3　贺（加）岛鸥步，通称善右卫门，岐阜中川原的油商，芭蕉的门人。

4　稻叶山，在岐阜市东面，金华山的一部分。耸立于长良川岸边。

湘八景[1]、西湖十景[2]于凉风一味也。若命名此楼，则宜称十八楼。[3]

登楼赏风光，
满目景色皆凉爽。

贞享五年仲夏

1 中国的潇湘八景：潇湘夜雨、平沙落雁、远浦归帆、山市晴岚、江天暮雪、洞庭秋月、烟寺晚钟、渔村夕照。

2 中国的西湖十景：花港观鱼、柳浪闻莺、平湖秋月、雷峰夕照、曲院风荷、南屏晚钟、双峰插云、苏堤春晓、三潭印月、断桥残雪。

3 十八楼，即将西湖十景的“十”与潇湘八景的“八”合在一起的命名。

更科姨舍山赏月[1]

闻白良、吹上之一曲，[2]不禁心动，乃常思今年前往观赏姨舍山[3]之月。八月十一日自美浓国出发，路远而日少，晓发暮宿。果于是夜[4]抵达更级村[5]。山在八幡村[6]南仅一里，横卧西南，不甚高，亦无峭壁怪岩，然山势令人激动紧张。“望月慰我心，我心似熬煎”，[7]果真如此，不禁伤悲于怀，忆及缘何扔弃老人，[8]潸然泪下。

---

1 此文写于贞享五年（1688）芭蕉“更科之行”之际。

2 平曲《平家物语·赏月》唱道：“或有吟咏白浦、吹上、和歌浦、住吉、难波、高砂、尾上之晓月而归之人。”

3 姨舍山，在长野市埴科郡户仓町附近。

4 是夜，指八月十五日之夜。

5 更级村，今长野县更级郡上山田町至更埴市八幡附近。

6 今更埴市八幡。

7 《古今集》中吟咏姨舍山赏月的佚名和歌：“更级姨舍山，皓月照其间，望月慰我心，我心似熬煎。”

8 《大和物语》《今昔物语》中均记述民间故事，一男子自幼由老母抚养成人，其妻因憎恨婆婆年老，唆使他扔掉其老母。夫听其言，骗老母至深山，将其扔在山里。离开时见明月照耀山间，良心发现，深感愧疚，吟咏和歌“更级姨舍山……”，将老母背回。

姨舍山头秋，
若见孤泣老媪影，
今宵赏月友。

十五明月色，
意犹未尽不忍去，
十六宿更科。

《六十余州名所图会　信浓　更科田每月镜台山》

芭蕉庵十三夜记[1]

一

中秋之月观赏于更科姨舍，[2]其趣未尽，犹历历在目，又至十三之夜[3]。乃云今宵追慕菅公，[4]倘相传以延喜圣帝赏月为伊始，[5]其风雅定胜于他处。因难忘旅次之风情，乃邀众人于草庵，以效赏月之风流矣。[6]

1　此文写于贞享五年（1688），最初见于蓼太编撰的《武藏野三歌仙》，天明三年（1783）出版。

2　此处指更科纪行。

3　十三之夜，阴历九月十三日。

4　菅公，菅原道真（845—903），平安时代前期的政治家、学者。仕于宇多天皇。在醍醐天皇时代任右大臣，后受谗言左迁大宰权帅。为书法三圣之一。被后世尊为“学问之神”。编著有《类聚国史》《三代实录》、诗文集《菅家文草》等。据说九月十三日赏月始于道真的诗句：“去年今夜待清凉，秋思诗篇独断肠。”但《华实年浪草》予以否定。

5　延喜圣帝，日本第六十代醍醐天皇。《华实年浪草》引用建仁寺三益和尚的《十三夜之诗序》，认为“此夜玩月始于延喜之御时”。

6　当晚邀请素堂、杉风、越人、路通、宗波、苔翟、友五、夕菊八人俳谐朋友到芭蕉庵赏月。

二

木曾甫回歇，[1]

羁旅消瘦未恢复，

又观十三月。

观仲秋明月于更科姨舍山。其幽趣韵致犹在眼前，未能忘怀，又至九月十三之夜。倘相传以宇多帝[2]赏月为始，乃为世之名月。亦称“后月”[3]或“二夜月”[4]，为文人墨客附以风雅之谓也。此月宜为闲人[5]之玩赏，且未忘山野之旅趣[6]，乃邀众人，扣瓢[7]，自诩柴栗[8]为白鸦。[9]邻居素翁[10]云：“丈山老人一轮未满二分亏之汉诗最适合此夜”，[11]

1　芭蕉结束更科旅行，于贞享五年（1688）八月末回到江户。

2　宇多帝，日本第五十九代天皇。《华实年浪草》也记载九月十三日赏月始于宽平法皇（宇多天皇）。

3　后月，指八月之后一个月的月亮。

4　二夜月，即九月十三日之夜的月亮，亦称栗月、豆月、后宵月等。

5　闲人，芭蕉自称。

6　指更科纪行。

7　瓢，酒器。

8　柴栗，一个栗子。

9　白鸦，杜甫《崔氏东山草堂》：“盘剥白鸦谷口栗，饭煮青泥坊底芹。”白鸦谷在长安蓝田县的东南面，以栗子著称。

10　素翁，即山口素堂。

11　丈山老人，即石川丈山（1583—1672），近世初期的汉诗诗人，其《九月十三夜》云：“一轮未满二分亏。”

乃张挂于壁，[1]以为草庵之雅兴。一狂客吟咏白良、吹上，[2]仿佛月色增辉，其趣无穷也。

1 把文山诗句的挂轴挂在墙壁上。

2 白良、吹上，皆为赏月名胜。《平家物语·赏月》："有人吟咏白良、吹上、和歌浦、住吉、难波、高砂、尾上之晓月而归。"此指吟咏平曲（琵琶伴奏、以《平家物语》为故事内容的说唱）中的一段。

《诸国六十八景　尾张　松风里》

送越人[1]

尾张十藏，号越人。[2]越路人，为粟饭柴薪计，隐居市中。二日干活二日玩，三日干活三日玩。性嗜酒，微酡时好唱平家[3]。此乃我友也。

前年二人见飞雪，
今年又下乎？

1 此文大约写于元禄元年（1688）。最初见于越人编撰的《庭灶集》，享保十三年（1728）出版。

2 越智越人延宝初年左右离开尾张，经营染坊。

3 以平家物语为题材的谣曲。

佛法之月[1]

羽黑山别当执行不分叟天宥法印[2]善于普及佛法，多有所闻。止观圆觉，[3]法智用才，[4]或凿山，或刻石。[5]极尽巨灵[6]之力、女娲[7]之巧。建僧舍，砌山阶。架竹管，引青云之水[8]。造石器、木工，为此山之奇物者颇多。举山羡其名仰其德，实等同于羽山再度开基。[9]然犹难免灾厄，

1　此为追悼羽黑山中兴之祖天宥法印文，作于"奥州小道"旅次。

2　天宥法印，羽黑山第五十代别当。与东睿山天海僧正联合，企图中兴羽黑山。大兴土木，与汤殿山进行宗教争端，又与鹤冈藩产生矛盾，于宽文八年（1668）被流放伊豆半岛，延宝二年（1674）殁于流放地。

3　指制止妄念，心归寂静，即以理智观照识别世间诸物的实相，从而达到圆满的悟彻。此为天台宗的根本教义。

4　充分发挥法智的作用。法智，指法陀的智慧。

5　指天宥在山中大兴土木。

6　巨灵，中国《水经注·河水》记载古代传说中分开华山的河神。《晋书·左贵嫔传》："峨峨华岳，峻极泰清，巨灵导流，河渎是经。"

7　中国女娲典故。

8　青云之水，指云雾缭绕的高山甘冽之水。

9　羽黑山开基之祖传为能除太子。

此身漂流于伊豆国之狂风骇浪，[1]遥闻终为波浪之露。[2]此次余三山[3]巡礼，门徒等皆言应奉一句追悼，乃于焚香之后呈拙句一首，不胜惶恐。

恍若灵魂回羽黑，
佛法朗光似皓月。

元禄二年夏末

1 指天宥被流放到伊豆。
2 指遥闻天宥死于流放之地。
3 即出羽三山，指羽黑山、月山、汤殿山。

《富士三十六景　伊豆山中》

『银河』序[1]

行旅北陆道[2]，宿越后国之出云崎[3]。佐渡岛隔沧海碧波横卧于十八里外之海面，东西三十五里。险峰幽谷，近在咫尺，历历在目。此岛产金，[4]广为人知，世所珍宝，备受崇爱，然自成为流放重犯叛逆之地，[5]其名甚为可怕，实觉遗憾。余推窗望之，以慰旅愁。日已坠海，初月幽暗，银河横空，星光灿烂。涛声回荡，闻之销魂断肠，无端悲绪，伤怀痛心。辗转反侧，未能入眠。泫然泪下，缁衣袖湿。

佐渡卧海面，
涛声汹涌荡心底，
银河横其间。

---

1 此文写于元禄二年（1689）的奥州旅次。最初见于云铃编撰的《风俗文选》，元禄十六年（1703）出版。

2 北陆道，日本海沿岸越后、越中、能登、加贺、越前、若狭、佐渡七国。

3 出云崎，今新潟县三岛郡出云崎町。七月四日宿于此。

4 佐渡的相川金山自古有名。

5 日莲上人、藤原资朝、顺德上皇、藤原为兼、世阿弥等皆被流放到佐渡岛。

《六十余州名所图会　佐渡　金山》

温泉颂[1]

沿北海之滨[2]行旅至加州山中[3]沐温泉。村人云:“此为扶桑三大名泉[4]之一。”倘时常沐浴，肌肤细嫩，舒筋活骨，心旷神怡，秀色常驻。此桃源之迷舟，[5]慈童无须折菊[6]也。

山中浴温泉，
何须沿途摘菊花，
汤味沁心间。

1　此文是芭蕉“奥州小道”旅行时在山中沐浴温泉后赠泉屋又兵卫主人。

2　芭蕉沿日本海行至北国。

3　加州山中，在加贺国，今石川县江沼郡山中町。

4　山中、有马、道后为日本三大著名温泉。

5　陶渊明《桃花源记》说，渔民出仙境回乡后，与人言，带人再去寻找时，却船只迷路。芭蕉以此比喻沐浴温泉如入仙境。

6　芭蕉借中国典故以此比喻温泉的功效可以延年益寿，无须采菊饮露。

纸衾记[1]

古枕、古衾[2]皆由贵妃[3]所传，为恋爱、哀伤之类。[4]锦帐翠被绣鸳鸯，后人哀叹双比翼。盖枕衾承接凝脂玉肌，浸润雪肤余香，才为恋爱之部类，诚乃是也。然此纸衾，既非恋爱，亦非无常，[5]唯于渔夫之破屋以防虱子，客栈之陋室以感污浊。某人于出羽国最上[6]制作以赠余。越路[7]之海滨，山馆野亭[8]之枕上，映二千里外之月色，[9]

---

1 此文写于芭蕉在元禄二年（1689）秋天完成“奥州小道”之旅回到美浓大垣后写给如行的门人竹户的。最初见于支考编撰的《和汉文操》，享保十二年（1727）出版。

2 白居易《长恨歌》：“鸳鸯瓦冷霜华重，翡翠衾寒谁与共？”白诗传入日本后，在注解以及宴曲、谣曲等中多作“旧枕故衾”。

3 贵妃，指杨贵妃。

4 编撰和歌、连歌、俳谐等书籍时按照其内容分门别类，“恋爱·哀伤”是其中的一类。此言古枕、古衾的内容属于恋爱、哀伤的类别。

5 意为纸衾不能归入和歌、俳谐中的恋爱或无常的类别。

6 出羽国最上庄，最上氏的领地。今山形县尾花泽市、大石田町一带。

7 越路，指越前、越中、越后。

8 山馆野亭，指山野寄宿之处。

9 白居易《八月十五日夜禁中独直，对月忆元九》：“三五夜中新月色，二千里外故人心。”

铺艾蒿荒芜之野地，闻寒霜冷峭之夜蛩。昼则折叠负于背上，涉三百余里关山险阻，终白霜染顶而至大垣[1]。乃承闲雅之心，送予此纸衾，[2]以愿勿破贫者之情。

1 大垣，户田氏的城下町。位于今岐阜县西南部，浓尾平原的西部。
2 送给大垣的锻冶工匠竹户。竹户在如行的住宅为芭蕉按摩。

洒落堂记[1]

山静以养性，水动以慰情。[2]有在动静之间得居所者，是为滨田氏珍夕[3]。目尽佳景，口吟风雅[4]，激浊扬清，洒落旷达，故称洒落堂。门挂戒幡，上书“世俗者不得入内”。昔宗鉴作狂歌以示客，[5]另加一等，[6]实为有趣。且简朴之至，一丈见方之屋两间，承休[7]、绍[8]二子之闲寂，然

---

1 此文写于元禄三年（1690），最初见于洒堂、正秀编撰的《白马》，元禄十五年（1702）出版。

2 孔子《论语·雍也》：“知者乐水，仁者乐山；知者动，仁者静；知者乐，仁者寿。”

3 滨田氏珍夕，“湖南”膳所人，元禄五年（1692）到江户，住在芭蕉庵约半年。行医，医号道夕。后回乡。编撰有《瓢》。

4 风雅，指风雅之道，俳谐。

5 宗鉴，山崎宗鉴（1465—1553），室町时代后期的连歌师、俳人。俳谐文学的始祖。曾仕于足利将军，后出家。号宗鉴。编撰《犬筑波集》。据《百物语》称，宗鉴闲居京都西面的山崎，在居所里挂出匾额，上书“上等客人者立即回去，中等客人者当天回去，住宿之客人乃下等之下等”。并作狂歌：“上等不进屋，中等不住宿，下等住一夜，下下住两宿。”

6 本来等级只分上中下，但宗鉴另加下下等一级。

7 休，指千利休。

8 绍，即武野绍鸥（1502—1555）。室町时代后期的茶人，号一闲居士、大黑庵。向珠光门人宗陈、宗悟学习茶道，开创闲寂茶，并传授给千利休。

《近江八景　唐崎夜雨》

不拘其规。[1]植木，置石，暂以宽心。势多[2]、唐崎[3]犹如膳所[4]湾左右之双袖，抱海面向三上山[5]。海湾状似琵琶，松籁涛声，彼此呼应。斜看比睿山[6]之比良峰[7]，后面矗立音羽山[8]、石山[9]。长柄[10]之花修饰发际，皓皓明月装扮镜山[11]。浓妆淡抹，日日变换，诗心亦应随之变化万千。

落樱吹四方，
琵琶湖面花波漾，
堂前好风光。

1　意为珍夕继承茶道的闲寂精神境界，但不拘泥于茶道的传统形式。

2　势多，琵琶湖畔，濑田川的左岸，濑田夕照是近江八景之一。今滋贺县栗太郡濑田町。

3　唐崎，即辛崎，琵琶湖西岸，属大津市。唐崎夜雨是近江八景之一。

4　膳所，琵琶湖西岸。今滋贺县大津市内，南与石山相连。

5　三上山，在滋贺县野洲郡东南面圆锥形的小山，又名“近江富士”。

6　比睿山位于京都市东北面，京都府与滋贺县的交界，东面的山腰有天台宗总本山延历寺。

7　比良峰，比睿山北面的高峰，比良暮雪为近江八景之一。

8　音羽山，位于京都市山科区与大津市交界，北接逢坂山，音羽川的发源地。

9　石山，在滋贺县大津市。石山秋月是近江八景之一。

10　长柄，即长良山、长等山。三井寺背后的山。意为春天来临时，可以观赏长良山上鲜花盛开的景色。

11　镜山，在滋贺县蒲生郡龙王町与野洲郡野洲町的交界处，三上山的东面。古代和歌经常吟咏镜山明月。

《近江八景　瀬田夕照》

贺重[1]

奥州小路行旅之时，至不知何名之村。见一约六岁女童，十分可爱。乃问其名。答“阿重”。此名颇有意思，都城极为少见。不知“重叠”何物。乃戏言旅伴[2]曰：“余若有子，欲取此名。”因之为其取名。

重重叠叠几度春，
老来依旧赏花衣。

1　此文大约写于元禄三年（1690），芭蕉为女孩取名“重”。“贺”是祝贺她好事“重叠”，以保长寿之意。

2　指曾良。

《近江八景　三井晚钟》

幻住庵赋[1]

年近五十，[2]若苦桃[3]之老木，蜗牛之脱壳，结草虫之离袋，[4]登漂泊无定之旅途。昔宗鉴朝夕食于客栈，[5]能因脖挂褡裢云游，余亦于松岛、白川风吹日晒，于汤殿山间泣泪沾襟。本欲自善知鸟[6]鸣啼之卒都滨[7]前往眺望虾夷千岛之地。[8]同行之曾良以余多病，难以安心，屡次劝阻。余遂作罢，乃自象潟往越路[9]，艰难跋涉于沙丘，于北海之砂石海滩磨破脚跟。今岁羁旅于湖水之

1 芭蕉的《幻住庵赋》有3篇，内容大同小异。现选其一。此篇大约写于芭蕉住进幻住庵的元禄三年（1690）秋。幻住庵，《东海道名所图会》说芭蕉在此隐居三年，在石山寺以西约1.5公里。

2 时年芭蕉四十七岁。

3 苦桃，桃的一种，个小，肉硬。

4 结草虫吐丝把树枝、树叶做成袋状的窝，如背披蓑衣，在其中产卵、孵化。

5 宗鉴闲居京都西面的山崎（今京都府乙训郡大山崎町）。《和汉文操》的支考注：“宗鉴法师住于山，往来于门前之客栈，如旅人朝夕餐食。”

6 北方海鸟，大如鸽，背黑，腹白，面垂两条白毛。

7 卒都滨，亦称外滨，青森县津轻半岛的北岸。

8 此处泛指北海道等北方各岛屿。

9 越路，北陆方向。

《近江八景　石山秋月》

滨[1]，如漂流之鸊鷉巢宿于一叶芦苇，名之曰幻住庵。其寺曰国分山寺[2]，有古神社，自使六根清净，心无尘埃。据云此草庵曾为勇士菅沼氏曲水子[3]之伯父[4]隐居处。庵主已于八年前故去，唯余此庵尚存虚幻之世。智觉迷倒[5]实乃归于“幻”之一字。人生无常，不可片刻忘记也。

山不深幽，间有人家。前有石山[6]，后有岩间山[7]。熏风自南面峰峦吹拂，凉风自北面漫湖沁润。恰逢四月初旬，杜鹃晚开，山藤缠松，郭公啼鸣，松鸦飞转。余乃吟啄木鸟啄破草庵[8]、布谷声声催人岑寂[9]之句，自得其乐，自赏其趣。不愧吴楚东南[10]之眺望，堪疑五湖三江[11]之胜景。比睿山、比良峰、至辛崎奇松[12]云蒸霞

---

1 指琵琶湖畔。琵琶湖古称鸊鷉之海，鸊鷉在芦苇间做巢，浮于水面，称“浮巢”。芭蕉在下文说自己如湖上漂流的鸊鷉巢。

2 国分山寺，属大津市国分寺町。

3 菅沼氏曲水子，菅沼外记定常。芭蕉的门人。膳所藩士。俳号曲水，后为翠水。品行高尚，心胸磊落，因愤怒于藩内重臣曾根权太夫的为非作歹，将其刺杀后自刃。故芭蕉称其为“勇士”。

4 菅沼氏曲水子的伯父，曲水的父亲定澄之兄，菅沼修理定知。膳所藩士。法名幻住宗仁居士。

5 “智觉”意为顿悟，“迷倒”意为迷惑。这是芭蕉生造的词汇。

6 石山，在大津市。有石山寺。

7 岩间山，在大津市。有岩间寺。

8 芭蕉俳谐：“声声啄木鸟，唯有此庵啄不破，盛夏树妖娆。”（见《奥州小道》）

9 芭蕉俳谐：“我心本孤凄，布谷声声鸣不停，快快催岑寂。”（见《嵯峨日记》）

10 杜甫《登岳阳楼》:“昔闻洞庭水，今上岳阳楼。吴楚东南坼，乾坤日夜浮。”

11 五湖，指中国的太湖，一说五个湖。三江，指发源于太湖的松江、娄江、东江。

12 辛崎，即唐崎，属于大津市，有一棵著名的松树。

蔚，膳所城[1]于树林间耀眼明亮，势田[2]桥头雨霁天晴，栗津[3]松林夕照余晖。三上山状似富士，不禁忆起武藏野之旧居[4]。田上山[5]上缅怀古人。[6]有笹生岳[7]、千丈峰[8]、袴腰山[9]。笠取山[10]无笠可取，黑津村[11]人皆肤黑乎，犹欲极目望远，乃登后山之峰，结松枝作棚架，[12]扎茅草铺蒲团，取名“猿座”。

据云徐老筑巢海棠树上，饮酒作乐；王道人结庵主簿峰顶，躲避闹市。[13]然此事不足羡。对虚无而睁眼，[14]坐峤岳而扪虱。[15]兴之所至，拾薪木，掬清水，自宿于一片

---

1 膳所城，本多氏六万石的城堡。在大津市，琵琶湖南端的西岸。

2 势田，今滋贺县栗太郡濑田町，琵琶湖畔，濑田川的左岸。濑田夕照是近江八景之一。势田桥是濑田川上的桥。

3 栗津，濑田至膳所的松林。栗津晴岚是近江八景之一。

4 指江户深川的芭蕉庵。

5 田上山，在近江栗太郎的山。

6 山上有猿丸大夫墓、大伴黑主、纪贯之等的神社。

7 笹生岳，幻住庵以西约三公里，与田上山相连的山。亦称小竹生岳。

8 千丈峰，幻住庵西南面的千头岳。

9 袴腰山，千丈峰以南一里的山。

10 笠取山，在京都府宇治市东北面的山。观赏红叶的胜地。

11 今滋贺县大津市黑津町，在田上山的山麓，隔濑田川与石山相对。幻住庵以北约四公里。

12 建仁寺僧天隐龙泽编《锦绣段》载陈元信《松棚》：“旋斫松枝架作棚，苍髯如戟尽峥嵘。清阴堪爱还堪恨，斜阳遮却碍月明。”

13 黄庭坚《题潜峰阁》：“徐老海棠巢之上，王翁主簿峰之庵。”徐老，即徐佺；王翁，即王道人；皆为隐士。传说徐老隐居于药铺，家里有数棵海棠树，就在树上筑窝，与客人在窝里饮酒。王道人四方参禅，认为世间过于喧嚣，就在主薄峰上结庐隐居。

14 意为放眼看无限的宇宙。宇宙亦即虚无之境界。

15《石林诗话》载王安石诗：“青山坐扪虱，黄鸟挟书眠。”意为坐在高山上，不顾世俗的一切拘束，悠然自得地扪虱子。

《近江八景　粟津晴岚》

羊齿绿叶之水珠感受滴答落岩间[1]之情趣，一炉清泉，何等简淡。先前住客，似亦心性高洁，无考究之饰物，设一间佛龛，另稍辟有置放卧具之处。

此次高良山僧正莲台院[2]上京都，托人索求匾额题词。乃书“幻住庵”三字赠余。背面署名，亦为后来观看此物者之纪念。时而山居，时而羁旅，无须器物。木曾之桧笠[3]、越国之菅蓑[4]挂枕边之柱上足矣。昼有宫守[5]之翁、山村老者来访，言野猪拱稻、野兔偷豆等余闻所未闻诸事，以至日暮，[6]抑或稀客造访，夜则静坐伴影，独对罔两凝思是非。[7]

虽如此言，唯颇好闲寂，并非隐居山野。多病之身，疏远世人，远避嚣尘而已。既非修法，亦非从俗。年轻时即有所好，[8]不能自已，遂沉湎其中，始终如一，遂成生计之谋，唯耻于无能无才也。劳而无功，皱眉蹙额，身心疲惫。初秋过半，朝夕风景变化，此亦为虚幻世间之居所，[9]乃离庵而去。

---

1 西行吟咏此地的和歌：“青苔清水流，滴答落岩间。清水用不尽，择此结草庵。”

2 莲台院，筑紫（今久留米市）高良山御井寺（月光寺）第五十代座主寂源一如僧正。书法家、文人。

3 木曾之桧笠，用木曾山的扁柏劈成薄片做成的斗笠。

4 越国之菅蓑，用菅草叶编织的蓑衣。越路的名产。

5 宫守，八幡宫的看守。

6 朱熹《云谷杂诗十二首·其四》：“野人载酒来，农谈日昔西，此意良已勤，感叹情何及。”

7 罔两，黑影周围的淡影。《庄子·齐物论》：“罔两问景曰：‘曩子行，今子止；曩子坐，今子起。何其无特操与？’景曰：‘吾有待而然者邪？吾所待又有待而然邪？吾待蛇蚹蜩翼邪？恶识所以然，恶识所以不然！’”

8 指喜欢俳谐的风雅之道。

9 此处点明幻住庵名字的含意。

《近江八景　比良暮雪》

幻住庵记[1]

石山之奥，[2]岩间山之后有一山，曰国分山。昔有国分寺[3]，以此播名。山麓细水流淌，行三曲二百步登山腰，[4]至八幡宫[5]。神体祭祀阿弥陀佛像，[6]此虽为唯一神道

1 此文大约写于元禄三年（1690），最早发表于去来、凡兆编撰的《猿蓑》（元禄四年（1691）。这是芭蕉最具代表性的俳文。

2 国分山位于石山的西北面、岩间山的东北面，以中国的“山以南为阳”的说法，大致将山的南面称为“前”，山的北面称为“后”。此处的“奥”相当于“后”。

3 国分寺，根据圣武天皇的敕愿在各国建立的寺院，以镇护国家。近江的国分寺遗迹在石山国分町。

4 从山麓到山腰的八幡宫要拐三道弯，约行二百步。

5 八幡宫，近津尾八幡宫。国分寺附近的镇守神社。

6 根据主张神佛同体的本地垂迹的说法，八幡宫的本体是阿弥陀如来佛。

家[1]之大忌，然两部神道[2]和光同尘[3]、功德众生之举难能可贵。平日无人参拜，极显肃穆庄重。旁有空废草庵，屋顶漏雨，墙壁剥落，艾蒿丛生，狐狸出没。名曰幻住庵。其主为僧侣，乃勇士菅沼氏曲水子[4]之伯父[5]也，已于八年前过世。实唯留幻住老人之名。

余去闹市约已十载，[6]年近五十，[7]若结草虫之离袋，蜗牛之脱壳，于奥羽象潟风吹日晒，跋涉于沙丘，于北海之砂石海滩磨破脚跟。今岁羁旅于湖水之滨，如漂流之鸊鷉巢宿于一叶芦苇，葺缮屋顶，修补墙垣。四月之初，随意入山，却不思出山，意欲久居此处。

暮春不远，杜鹃晚开，山藤缠松，郭公啼鸣，松鸦飞转。余乃吟啄木鸟啄破草庵之句，自赏其趣。魂驰吴

1　唯一神道，神道的一派。室町后期京都吉田神社的祠官吉田兼俱倡导，反对吸收儒教与佛教的教义，主张日本固有的唯神道，由天照大神、天儿屋根命一脉相承的本质性的神道，认为八幡宫的祭神应该是应神天皇。亦称卜部神道、唯一宗源神道、元本总源神道。“家”即吉田家、吉田派。

2　两部神道，神道的一派。针对于唯一神道，按照真言宗的金刚经、胎藏经的教义，主张神佛一致。最早见于最澄、空海的学说，神祇创造菩萨权现的名称。明治时期以后，由于禁止神佛混淆，而衰退。根据本地垂迹的理论，认为天照大神的本源是印度的大日如来，八幡宫神的本源是印度的阿弥陀如来。该八幡宫属于两部神道。亦称两部习合神道、神道习合教。

3　《摩诃止观》：“和光同尘结缘之始。”老子《道德经》：“和其光同其尘。”

4　菅沼外记定常，菅沼氏曲之子，芭蕉的门人，膳所藩士。俳号曲水，后为翠水。品行高尚，心胸磊落，因愤怒于藩内重臣曾根权太夫的为非作歹，将其刺杀后自刃。故芭蕉称其为“勇士”。

5　菅沼修理定知，菅沼氏曲水子的伯父、曲水的父亲定澄之兄，膳所藩士。法名幻住宗仁居士。

6　芭蕉于十年前的延宝八年（1680）离开江户市内，迁居深川。

7　芭蕉时年四十七岁。

楚东南之地，身立五湖三江之畔。山耸立西南面，间有人家，熏风自南面峰峦吹拂，凉风自北面漫湖沁润。比睿山、比良峰至辛崎奇松云蒸霞蔚，有城[1]，有桥，有钓舟。闻来往于笠取山樵夫之声，山麓田间拔秧之歌，流萤薄暮天空殃鸡之鸣，实为绝妙美景。尤其三上山状似富士，不禁忆起武藏野之旧居。田上山上缅怀古人。有笹生岳、千丈峰、袴腰山。黑津村树木深浓葳蕤，诚如《万叶集》所吟“网代守护肤色黑”。[2]犹欲极目望远，乃登后山之峰，结松枝作棚架，扎茅草铺蒲团，取名“猿座”。余不敢妄称筑巢海棠树上饮酒之徐佺、结庵主簿峰顶之王翁之徒，唯愿成睡癖山民[3]，对峤岳而投足，坐空山而扪虱。兴之所至，汲山谷清泉以自炊，感受水珠滴落岩间之情趣，一炉而已，何等简淡。先前住客，似亦心性高洁，无考究之饰物，设一间佛龛，另稍辟有置放卧具之处。

此次筑紫高良山僧正、加茂神社之甲斐某人[4]之子上京都，托人索求匾额题词。爽快应承，乃书“幻住庵”三字赠余。立即悬挂，以为纪念。余时而山居，时而羁旅，何须器物。木曾之桧笠、越国之菅蓑挂枕边之

1 城，指膳所城。在幻住庵以北约 3.5 公里。

2 “田山黑津庄，网代守护身瘦小，皮肤颜色黑。”《万叶集》中无此和歌。寒川辰清著《近江舆地志略》中收有此歌。大概是芭蕉记忆有误。

3 睡癖山民，爱睡觉的山间隐士。引用中国古代的隐士中如陈抟、夏侯隐、杜牧等多有嗜睡者的典故。

4 九州天台宗的本山、福冈县三井郡的高良山三井寺第五十代座主寂源一如僧正。贺茂神官藤木甲斐守敦直的次子，书法大家。

柱足矣。昼有稀客造访，兴趣盎然，抑或宫守之翁、山村老者来访，言野猪拱稻、野兔偷豆等余闻所未闻之农事，以至日暮。夜则静坐伴影待月，燃灯独对罔两凝思是非。

虽如此言，唯颇好闲寂，并非隐居山野。多病之身，疏远世人，远避尘嚣而已。回首往昔，痛感愚笨多舛，时而羡仕途俸禄之地，时而入佛篱祖室之门[1]，身苦于诡谲变幻之风云，心劳于风花雪月之情趣，遂成生计之谋，终耻于无能无才，系此一道也。乐天破五脏之神，[2]老杜诗苦太瘦生，贤愚文质[3]虽不尽同，然皆生于虚幻世间之栖所。遂不思眠。

夏日丛林里，

一棵柯树耸天立，

此身暂可倚。

---

1 指佛门。佛篱，佛陀的篱墙；祖室，祖师的房间。

2 白居易《思旧》："诗役五藏神，酒汩三丹田。"

3 贤愚文质，指杜甫、李白、白居易贤明，才华横溢，而自己愚笨，质朴无华。

四条河滩纳凉[1]

四条之河滩[2]纳凉，自傍晚月出至拂晓。河滩铺席，彻夜饮酒游玩。女子腰带整齐，男子和服长褂。[3]木桶店、铁匠铺[4]之徒弟亦与法师、老者交谈。众人皆悠闲自在、吟歌喧闹，实乃都城风景也。

习习河风长，
有人衣裳浅柿黄，[5]
也来纳晚凉。

1　此文大约写于元禄三年（1690）夏。

2　阴历六月七日至十八日，人们在京都四条的贺茂河滩铺席纳凉。

3　和服长褂是老式服装，多为庄重的时候或者老人穿着。可能是当时的风俗。

4　木桶匠、铁匠在当时被视为低贱的职业。

5　此句指有人穿着感觉清爽的浅柿黄色衣服，也可理解为作者自身。

乌之赋[1]

同为乌，因其大小，名各异。[2]小者称乌鹊，大者称觜太。赞此乌反哺[3]之孝，比之为乌中曾子。[4]或告人家有来客，或列翅于银河，为两星[5]之媒介，或预知太岁之方位，[6]察春风而改巢。[7]飞雪拂晓，其声哀寒，深秋夕暮，

1 此文大约写于元禄三年（1690），最初见于松琵编撰的《雪流》，宽保三年（1743）出版。

2 《大和本草》："本邦有慈乌、乌鸦。慈乌小也，平时之鸦也。乌鸦称觜太，嘴大而性贪，大于乌也。"

3 此乌，指慈乌。《本草纲目·禽部》："慈乌：此乌初生，母哺六十日，长则反哺六十日，可谓慈孝矣。"

4 曾子，曾参，孔子的高足，以孝著称。白居易《慈乌夜啼》："慈乌失其母，哑哑吐哀音。昼夜不飞去，经年守故株。夜夜夜半啼，闻者为沾襟……慈乌复慈乌，乌中之曾参。"

5 两星，牵牛星与织女星。中国民间故事，七夕之夜，喜鹊在银河架桥，让牛郎与织女相会。

6 《尔雅·释食》上有太岁在甲、在乙、在子、在丑之说，但习惯上只重视"岁阴"（十二地支），故"太岁"每十二年一循环，地支有方位。"太岁"因此也有方位，由此判断凶吉，产生许多禁忌。

7 《本草纲目·年浪草》："十二月始筑巢。开户，背太岁向太乙。知来岁风多巢必卑下。"喜鹊预知明年的风势，把巢筑在低矮的树枝上。

临近巢旁，惊飞匝树，诗人歌士亦觉之情趣，[1]且绘于丹青，爱其神态也。于贪滑之中而言之，其德大。然数汝之罪，其德小而害大。就中鸺太性佞凶恶，其广翼不让云鹫，其利爪尤胜苍鹰。肉无鸿雁之味，声非黄莺之吟。啼时予人以不祥之兆，必招祸以心愁。于村中损害栗柿果实，于田间糟蹋稻谷作物，不知农事之辛劳。或啄雀卵，或攫池蛙。待死者之腐尸，贪牛马之肚肠，终因乌贼而丧命，[2]传效鱼鹰而溺身。[3]此皆因汝视贪婪为大，利令智昏之故也。世间称如汝贪心不足、徒披缁衣[4]者为买僧。[5]释氏[6]亦憎之，俗士[7]甚恶之。啊！汝宜慎之，如中弈箭[8]之三足金乌[9]之罪罚乎！

---

1 《枕草子》:“秋夕……走近乌巢，三五惊飞，亦觉有趣。”

2 《和汉三才图会》记载，乌贼浮在水面上不动，乌来啄食，乌贼将乌裹住拖入水中。

3 传说乌鸦模仿鱼鹰入水捕鱼，结果溺水。

4 意为仅仅外表穿着黑色的法衣。

5 买僧，应为“卖僧”，指借佛法之名做坏事的恶僧。

6 释氏，指僧侣。

7 俗士，指在俗之人。

8 《淮南子》:“尧时十日并出，草木焦枯，尧命羿仰射十日九中，乌皆死坠羽翼。”

9 三足金乌，神话说太阳中有三足乌，因以为太阳的别称。韩愈《李花赠张十一署》:“金乌海底初飞来，朱辉散射青霞开。”

落柿舍记[1]

洛[2]之去来别墅[3]在下嵯峨[4]之竹丛中，岚山之麓，大井川附近。此地幽寂，居之心情宁静。去来疏懒，窗前草高，数株柿子树枝叶舒展覆盖。梅雨四处滴漏，榻榻米、拉门皆有霉味，无处躺卧，甚不自由。日光实乃胜于主人之招待矣。

今日落柿舍，
补壁白纸亦残破，
梅雨落萧瑟。

1　此文写于元禄四年（1691）夏。

2　指京都。

3　向井去来的落柿舍。

4　下嵯峨，今京都市右京区嵯峨。

坚田十六夜之辩[1]

赏月兴犹未尽，二三子[2]邀余驰船于坚田[3]海湾。其日申时[4]，至茂兵卫成秀[5]之人家屋后，自舟中呼唤："醉翁狂客赏月来也。"主人不意，惊喜过望，卷帘拂尘，曰："园中有芋头、豇豆。然鲤鱼、鲫鱼，刀痕粗疏，不甚雅观。"乃置榻于岸，铺席设宴。俄顷，皓月初升，耀眼照水。昔闻仲秋明月自浮御堂[6]正面之山升起，此山曰镜山。料今宵不致变化，乃倚堂上栏杆眺望。三上山、水茎冈[7]分列南北，其间山峦连绵，峰颠重叠。不觉月上

1　此文写于元禄四年（1691）八月。最初见于史邦编撰的《芭蕉庵小文库》，元禄九年（1696）出版。十六夜为阴历八月十六日夜。

2　二三子，芭蕉的两三个门人。

3　坚田，大津市北面，琵琶湖西岸。坚田落雁是近江八景之一。

4　申时，下午四点至五点之间。

5　茂兵卫成秀，竹内氏，坚田的俳人。

6　浮御堂，在坚田崎，称为满月寺。建于湖中的小阁，堂内安放有千体佛。

7　水茎冈，今称冈山。滋贺县江八幡市水茎町的小山丘，从坚田隔湖眺望，左面（北）是水茎冈，右面（南）是三上山。

《近近江八景　坚田落雁》

三竿[1]，隐于乌云。不知何为镜山。主人言“乌云遮月情更浓”，[2]宽慰客人之心甚切。少刻，月出云外，金风银波，与千体佛之光交相辉映。借京极黄门[3]吟咏“明月西斜”，[4]以十六日之夜空喻俗世，实感无常之观，乃言“余游于此堂，尤感惠心僧都泪沾衣袖之心”。[5]主人云：“乘兴而来，岂能扫兴而归？”[6]乃于岸上举杯畅饮，不觉月斜横川。[7]

皓魄照天海，
宜应开锁浮御堂，
月光引进来。

1　三竿，《南齐书·天文志上》：“日出高三竿，朱色赤黄。”陆游《病退》：“美睡三竿日，安禅半篆香。”

2　西行《山家集》：“时有乌云遮明月，此时赏月情更浓。”主人引用西行的和歌慰藉客人。

3　京极黄门，即藤原定家（1162—1241），镰仓时代前期的歌人、歌论学者。世称凉级中纳言。《新古今集》的编撰者之一。歌风绚丽纤巧，是新古今调的代表性歌人。新古今调的代表。编撰有《新敕撰集》，著有歌集《拾遗愚草》、歌论集《近代秀歌》《每月抄》等。

4　藤原定家《新敕撰集》：“明月西斜虽可惜，球已过半更不堪。”

5　惠心是天台宗高僧，圆信僧都。《袋草子》记载惠心僧都在比睿山观看琵琶湖晓色，想到沙弥满誓的和歌“何以喻此世，拂晓船去余白浪”，不禁泪水沾襟。

6　引用中国晋代王子猷访戴安道到其家门未进而归的典故。

7　横川，比睿山的横川谷。惠心先前的居住地。

赞誉成秀庭院松之辞[1]

有松，高约九尺，下枝伸展一丈有余，上枝重叠交错，其叶森森，蓊郁浓绿。风吹琴鸣，[2]呼雨唤波，似筝，似笛，似鼓，波声天籁。当今，爱牡丹者，收集珍奇，以傲他人；种菊花者，笑人朵小而争之。柿子、柑橘，观其实，不问其形。唯松树独霜后秀挺，四时常绿，[3]各擅其趣。白乐天曰："松能吐旧气，故经千岁。"[4]不仅令主人赏心悦目，亦知延年益寿之气，以长寿契约于松之千岁。

元禄四年仲秋日

1　此文写于元禄四年（1691）秋。成秀，茂兵卫成秀，坚田的俳人。

2　李白《金门答苏秀才》："月出石镜间，松鸣风琴里。"

3《和汉朗咏集》中源顺诗句："十八公荣霜后露，一千年色雪中深。"

4　出典未详。

#『忘梅』序[1]

和歌[2]之风情[3]由定家、西行更新，连歌[4]制定有应安格式[5]。俳谐[6]终至百年，[7]其真正繁盛，不过十余载。[8]然指何者为古人，何为倾慕之古风？爱江左氏尚白[9]入我师芭

1 此文写于元禄四年(1691)，最初见于尚白编撰的《忘梅》，安永六年(1777)出版。此文发表时署名千那，据考证实为芭蕉所作。

2 和歌，日本古典诗歌形式。《万叶集》时代包括长歌、短歌、旋头歌、片歌等。平安时代，短歌成为和歌的唯一歌体。形式为五句三十一音。

3 风情，指和歌风格。

4 连歌，日本古典诗歌形式之一。以和歌的上句（五、七、五音的长句）与下句（七、七音的短句）进行唱和。根据句数的不同，有歌仙、四十四、五十韵、百韵、千句、万句等形式。

5 应安格式，南北朝时代的和歌学者、连歌师二条良基为繁荣连歌创作，与救济合作，于应安五年（1372）出版《应安新式》一书，在“建武格式”的基础上制定连歌创作的新格式，称为“连歌格式”。

6 俳谐，日本古典诗歌之一。俳谐连歌从连歌中独立出来后，泛指发句、连句、俳文等。十六世纪，山崎宗鉴、荒木田守武使俳谐成为一种新兴的文学形式，经过十七世纪松尾芭蕉的创作，俳谐真正达到文学的高度。俳谐的形式由“发句”和“和句”构成。十九世纪正冈子规发起俳谐革新运动，把“发句”定名为“俳句”，沿用至今。现在一般不用“俳谐”这个名称。

7 芭蕉从俳谐流行的江户时代初期（长庆年间）算起。

8 大致指延宝时代（1673—1680）末期至天和时代（1681—1683）初期。

9 江左尚白于贞享二年（1685）春入芭蕉门下，后与芭蕉疏远。

蕉之门，神韵侵其肌体，精髓透其心骨，终至探幽入神之境。然不以此为业，[1]乃承家父之道，拾杏林[2]之果，培药草之圃，其功医国。[3]自己患泉石烟霞之病，[4]舌烂嘴歪，生痣长瘤。[5]治风云之疾。[6]美子乃为良药。[7]今年撰集，缘辛崎之孤松，[8]名为《忘梅》。昔湘臣于汨罗之滨而忘梅，[9]今人于湖南[10]之汀集梅之句，[11]其香远播武藏野[12]也。

编撰《忘梅》集，

旧友难忘来信息。

1　意为不以俳谐作为谋生的职业。

2《神仙传》记载，三国吴董奉为人治病，不收报酬，对治愈的病人只求为其种杏树几株。数年后蔚然成林。后世以“杏林春满”赞誉医生。

3《国语·晋语》：“上医医国。”

4《新唐书·田游岩传》：“高宗幸嵩山……谓曰：‘先生比佳否？’答曰：‘臣所谓泉石膏肓，烟霞痼疾者。’”

5　尚白的脖子左边长有一瘤。

6　风云之疾，向往、亲近大自然的“疾病”。

7　美子，疑为子美（杜甫）之误。意为俳谐可治风云之疾，杜甫之诗是一剂良药。杜甫《江村》：“多病所须唯药物，微躯此外更何求。”《宾至》：“不嫌野外无供给，乘兴还来看药栏。”

8　辛崎，琵琶湖西岸，属大津市，有一棵著名的松树。尚白的前一本著作名为《孤松》。

9　湘臣，指楚国的屈原。此句引用屈原被谗投汨罗的典故。但《离骚》等文章中没有言及梅花。

10　湖南，琵琶湖南岸，以此“湖南”与屈原的中国湖南相对。

11　集梅之句，《忘梅》的卷首汇集吟咏梅花的俳谐。

12　武藏野，即江户。意为《忘梅》的影响可远及江户。

其角[1]如此告余。亲疏者皆可留名，易逝之人心尽可长驻，无过此书矣。

元禄五年孟春日[2]

1　芭蕉首屈一指的高足宝井其角编撰有《虚栗》等二十多部书籍。

2　此处的元禄五年（1692）大概是《忘梅》预订出书的年份，或者是千那后来添写进去的。

离居之辩[1]

随意四处漫游[2]之后，蛰居橘町。[3]过正月，至二月，本欲作罢风雅，[4]不意诗情激荡于心，灵思跃动，迷于风雅[5]之魔心。余意决舍弃一切，离居而去，腰携百文，系一命于一杖一钵。风雅终成草席裹身的乞食。

1　此文大约写于元禄五年（1692），最早发表于史邦编撰的《芭蕉庵小文集》，元禄九年（1696）出版。

2　芭蕉从贞享四年（1687）开始七年内进行“野曝纪行”“笈之小文”“奥州小道”等多次旅行。

3　橘町，在江户日本桥。芭蕉回江户后住所未定，暂居橘町的彦右卫门的家里。翌年五月中旬入住芭蕉庵。

4　风雅，指俳谐。

5　白居易《闲吟》：“唯有诗魔降未得，每逢风月一闲吟。”

移芭蕉词[1]

一

菊繁荣于东篱，[2]竹为北窗之君。[3]争论牡丹之红白孰优孰劣，为俗尘所污染。莲不生于平地[4]，水不清则花不开。[5]当年移居此地之时，植芭蕉一株。或许水土适应，分长数茎，硕叶茂盛叠重，占据庭院，遮蔽茅草屋檐。是以人呼此草庵为芭蕉庵。旧友、门人皆爱之，刨芽分根，四处相送，年年如此。某年，[6]余欲往奥州旅行，乃弃芭蕉庵，遂将芭蕉移植墙外近处，恳托邻人关照芭蕉，防霜挡风。此事亦记入小文。诚如“松树何孤独”，[7]

1 此文写于元禄五年（1692）秋。最初见于支考编撰的《三日月日记》，享保十五年（1730）出版。

2 陶渊明《饮酒》：“采菊东篱下，悠然见南山。”

3 《世说新语》记载中国晋代王子猷爱竹，云“何一日无此君”。

4 平地，指普通的地方。

5 周敦颐《爱莲说》：“出淤泥而不染，濯清涟而不妖。”

6 即元禄二年（1689）。

7 西行《山家集》：“此庵吾久住，今上旅途心酸楚，松树何孤独。”

余亦远踏旅途，伤悲凄楚，依依辞行，眷念芭蕉，倍感岑寂。终过五度春秋，[1]重睹芭蕉，泫然泪下。今年[2]五月中旬，正是“橘花幽香”[3]时，淡芳袭人轻。知己相交，依然如故。犹不舍离别此地，[4]乃于旧庵近处择三间茅屋而居。杉木圆柱，大小适宜，竹门清爽，苇墙厚实，朝南临池，犹如水楼。地对富士，柴门[5]倾斜[6]以望景。三股[7]水满，浙江咫尺以观潮。[8]乃赏月之胜地，遂于新月之时便牵挂仲秋夜是否阴雨。明月添景，无异芭蕉。乃移之，其叶七尺余，或已半折，如凤凰断尾，目不忍睹，或破如青扇，怨恨狂风。偶有花开，平淡朴素。茎虽粗壮，未经斧斫。如山中不材之木，[9]其性独尊。是故僧怀素走笔蕉叶，[10]张横渠见新叶而立志勤学。[11]此二者余皆不取，唯于其荫翳悠闲自在，爱其易破之身。

1　芭蕉于元禄四年（1691）冬回到江户，应为三年。

2　元禄五年（1692）。

3《古今集》中佚名和歌：“五月橘芬芳，幽淡轻柔似往昔，伊人衣袖香。”

4　指旧芭蕉庵所在的深川一带。

5　杜甫《野老》：“野老篱前江岸回，柴门不正逐江开。”

6　为了更好地观赏富士山，故意将门倾斜地安装。

7　三股，隅田川的下游，水分两汊，成Y字形。但当时称“三股”，一说因为水通浅草川、新堀、灵岩岛三处。赏月胜地。

8　指中国浙江的钱塘江观潮。

9《庄子·山木》：“庄子行于山中，见大木，枝叶盛茂，伐木者止其旁而不取也。问其故，曰：‘无所可用。’庄子曰：‘此木以不才得终其天年。’”

10　陆羽《怀素传》说，怀素家贫，无钱买纸，就在芭蕉叶上练习书法，所以家里种有很多芭蕉。

11　张横渠，宋人，名载，字子厚。《张子全书》载：“芭蕉心尽展新枝，新卷新心暗已随，愿学新心养新德，旋随新叶起新知。”

二

以胸无一物为贵，无能无智为至。无居无庵，又其次也。学鸠[1]之翼焉能承受无拘无束之铁肠。某年，不意心血来潮，如旋风狂吹，乃登出羽之旅，[2]桧笠破残，越三秋，[3]返武江以东[4]。悲三股秋水之情，洒黄菊他日之泪。[5]庵已建成，柱含杉风、枳风[6]之心情，居呈曾良、岱水[7]之情趣。背北御冬，朝南纳凉。竹栏临池，谓可观赏水波映月。遂使新月之夕起逐日挂怀仲秋夜之阴雨。众人持送各种器物，米柜屯，酒壶满。植绿竹，树围庵，终成幽深之居。然犹欲为明月添景，植芭蕉五株。其叶七尺余，几可裹琴，亦能缝制成琵琶袋囊。风吹叶摆，如凤凰摇尾，雨穿叶破，似青龙之耳。[8]新叶日展，启横渠先生之新智，待少年上人[9]之开笔。此二者余皆不取，唯于其荫翳悠闲自在，爱其易破之身。

1　学鸠，《庄子·逍遥游》："鹏之徙于南冥也。水击三千里，抟扶摇而上者九万里……鹏与学鸠笑之曰……"

2　从陆奥朝出羽方向旅行。

3　元禄二年（1689）春奥州小道旅行，元禄四年（1691）冬回到江户。

4　即武藏国江户深川。

5　杜甫《秋兴八首·其一》："丛菊两开他日泪，孤舟一系故园心。"

6　枳风，江户的芭蕉门人。

7　岱水，江户的芭蕉门人，住在芭蕉庵附近。编撰《木曾谷》。

8　芭蕉叶形状如青龙的耳朵。

9　少年上人，即唐代书法家怀素。李白《草书歌行》："少年上人号怀素，草书天下称独步。"

摘取芭蕉叶，
一片悬挂新柱上，
草庵赏明月。

僧专吟饯别词[1]

杖头系草履，斗笠写姓名。[2]元禄六年弥生之初[3]，僧专吟开启武江之东、深川之草扉，[4]书“既始一步”[5]。此僧好情趣[6]，避嚣市，年年托钵行旅。今又拟诣伊势、熊野。身如云外之鹤，临流漱喙，展翅于千寻之冈，伏野泊云，[7]胸无一尘。与余贫交事久。今临此别，同立岸边，遥望箱根山，谓其曰：“彼白云缭绕处，恐为旅愁浇怀、路途艰险之地。君定回首遥看，余又站立此岸边[8]也。”言毕，乃分手。

缁衣似鹤羽，
飞往彩云外。

---

1 此文写于元禄六年（1693）三月。专吟，生平不详。
2 行脚僧都把自己的姓名和出生地写在斗笠里面。
3 弥生之初，三月初。
4 专吟特地到江户深川的芭蕉庵来辞行。
5 既始一步，意为访草庵就已经是踏上旅途的第一步。似为专吟留别的话。
6 情趣，指在大自然中无拘无束的感觉。
7 意为夜寐山野。
8 指隅田川岸边。

《富士山三十六景　箱根湖水》

许六离别词[1]

一

去秋[2]会面，今年五月初，即将依依惜别。临行之际，独访草庵，闲谈终日。其人好画，喜爱风雅[3]。余尝试问：“为何好画？”答曰：“为好风雅。”“为何爱风雅？”“为爱画。”其学者二，其用者一。[4]所谓“君子耻于多能”，[5]斯人学二用一，诚为钦佩。其画余以为师，余教以风雅，以其为弟子。师之画精神深彻、笔致玄妙，其幽远奥秘之

1　此文写于元禄六年（1693）四月。森川百仲（1656—1715），别名许六、五老井、风狂堂等。近江国彦根藩士。元禄五年（1692）到江户工作时，入芭蕉门下。翌年回乡时，芭蕉写此文送别。最初见于李由、许六编撰的《韵塞》，元禄十年（1697）出版。

2　指元禄五年（1692）八月，许六到江户，访芭蕉庵，入其门下。

3　风雅，风雅之道，指俳谐。

4　意为学两样东西，但功效是一个。

5　孔子《论语·子罕》：“吾少也贱，故多能鄙事，君子多乎哉，不多也。”

处，余未能见。然余之风雅，如夏炉冬扇，[1]逆众[2]而无所用，唯释阿[3]、西行之即兴歌尚多感人情趣。后鸟羽上皇亦云："二人之歌有实且悲。"[4]为此，余乃借此言之力，探寻风雅之小道，勿使陷入迷津。犹如南山大师于笔道所言："不求古人之迹，求古人之所求"，[5]风雅之道亦与此同。言毕，乃掌灯送至柴门之外。

元禄六年孟夏末

二

经木曾路[6]归故里者云森川许六。古来钟情风雅之人，皆背负笈箱，草鞋磨足痛，破笠避霜露，苦自我之

1　王充《论衡》："作无益之能，纳无补之说，以夏进炉，以冬奏扇，为所不欲得之事，献之不欲闻之语，其不遇祸，幸矣。"

2　逆众，意为与大多数人的情趣爱好不一样。

3　释阿，藤原俊成的法名。藤原俊成（1114—1204），平安时代末期的歌人，藤原定家的父亲。向藤原基俊学习和歌理论，歌风清新温雅，世称幽玄体。编撰《千载集》，著有《长秋咏藻》《古来风体抄》等。

4　有实且悲，指感情真实，情趣悲凉。后鸟羽上皇，第八十二代天皇，名尊成，建久九年（1198）让位，开始院政。承久之乱后，被流放到隐岐。歌人，编撰《新古今和歌集》。他在《后鸟羽院御口传》中说："释阿温雅艳丽，其心深邃，亦有悲情之处……西行雅趣，其心尤深。"芭蕉在文中引述的与原文有所出入。

5　南山，即终南山。大师，指空海（弘法）大师，书法大家，日本书道三绝之一。笔道，即书道、书法。空海《性灵集》："书亦拟古意以为善，似古迹以为巧。"意为书法不应模仿古人的形式，应追求古人所追求的根本精神。

6　木曾路，长野县西南部。从马笼至赞川的木曾谷沿线十分艰险。

心志，体事物之本质。今因奉侍主君，长剑佩腰，驽马驮枪，以年轻之侍从随行，黑色长褂之衣襟随风翻飞，此非本意也。

柯树花清宁，
且以此花为我心，
木曾路上行。

路上烦苍蝇，
亦学行旅风雅人，
此心自安宁。

吊初秋七日雨星[1]

元禄六年，文月七日夜，[2]风云满天，白浪涌浸河岸，喜鹊之桥墩冲垮，[3]一叶之扁舵吹折，二星[4]亦无宿处。有吟歌之遍昭[5]、小町[6]，言今宵虚度，实为憾事。乃挑 灯添之。于是以此为题作二句，以慰因雨未能相逢之二星之心。

小町之歌

银河亦涨水，

可怜二星难相会，

且卧岩石睡。

---

1 此文写于元禄六年（1693）。吊，可怜之意。

2 即七夕。

3 牛郎与织女的典故。

4 指牛郎星与织女星。

5 遍昭（816—890），平安时代初期的僧侣、歌人，六歌仙之一。俗名良岑宗贞。受仁明天皇赏识，封藏人头。天皇死后，出家。向圆仁、圆珍学天台宗，在京都开创元庆寺，任僧正。

6 小野小町（825—900），平安时代初期的歌人，六歌仙之一。传为出羽郡司小野良真之女。歌风柔软艳丽，与文屋康秀、僧正遍昭互有赠答歌。

遍昭之歌

七夕降雨水，
不给织女送雨衣，
缺少人情味。

闭关之说[1]

色为君子所恶，[2]亦为佛教五戒之首，[3]然实难以舍弃之情刻骨铭心，缠绵悱恻之恋纷繁无数。暗部山梅下幽会，暗香袭人。[4]忍冈若无关守注目，[5]几多偷香窃玉。沉溺于秋娘之似水柔情，鬻家丧身者何其多，然比之贪得无厌之老者，为米钱[6]苦心孤诣，唯利是图，毫无人情，尤远能宽恕其罪。人生七十古来稀，[7]身心健壮，仅二十余年也。初老之至，如一夜之梦。至五十、六十之年，

1　此文大约写于元禄六年（1693），最初见于史邦编撰的《芭蕉庵小文集》（元禄九年出版）。闭关，意为闭门谢客。

2　孔子《论语·季氏》："君子有三戒，少之时，血气未定，戒之在色。"

3　佛教五戒：不杀生、不偷盗、不邪淫、不妄语、不饮酒。色并非置于五戒之首。

4　暗部山，一说鞍马山的古名。鞍马山在京都北面，有鞍马寺，传为源义经练武之地。《古今集》载纪贯之和歌："淡淡梅花香，黑夜翻越暗部山，一枕春梦乡。"

5　忍冈，在陆奥信夫郡。关守，看守关隘的人。忍冈在和歌里是幽会、偷情等的衬词。

6　米钱，意指物质、物欲。

7　杜甫《曲江·其二》："酒债寻常行处有，人生七十古来稀。"

衰迈苍老，动辄早眠早醒。而醒来又思虑何事，愚者迷乱枯肠。虽云烦恼增长[1]掌握一技者，乃精于是非得失之强者，然以此经营谋生，则心堕于贪欲之魔界，溺于沟壑而无生。南华老仙[2]云，唯抛弃利害，忘却老少，心求清闲，乃为老来之乐。人来则无聊清谈，人出则妨碍他人，于心何苦。故如孙敬[3]闭户，杜五郎[4]锁门，以无友为友，以贫穷为富。五十岁之顽夫自书自戒。

墙上牵牛花，
白昼草庵亦锁门，
自我成一家。

---

1 《徒然草》："才华乃增长烦恼。"烦恼，特指欲望。

2 南华老仙，即庄子。死后追赠南华真人。

3 孙敬，中国三国时代人。李翰《蒙求》："孙敬，字文坚，常闭户读书。"

4 杜五郎，颍昌人，北宋著名隐士。《宋史》载，三十年足不出户。

悼松仓岚兰[1]

以金革为衽[2]毫不懈怠乃士之志。以不偏之文质[3]以为君子之操。松仓岚兰以义为骨，以实为肠，藏老庄[4]于魂魄，存风雅[5]于肺腑。与余交，十余年[6]矣。三年前辞官，欲追先贤之步于岩洞，[7]因赡养老母，稚子拖累，仍漂荡于俗世浊波，然超然荣辱，日坐风云。[8]今年仲秋八月十三日，行旅于由井[9]、金泽[10]之海滨以赏月，且至

1　此文写于元禄六年（1693）秋，最初见于支考编撰的《笈日记》，元禄八年（1695）出版。松仓岚兰，名盛教，通称甚兵卫。是岛原之乱后被剥夺领地的藩主松仓氏的后裔。他曾任板仓侯。元禄四年（1691）左右，因谏主未被采纳，遂致仕，隐居浅草。延宝三年（1675）左右入芭蕉门下。元禄六年殁。

2 《中庸》:“金革为衽，死而不厌，北方之强也。”

3　孔子《论语·雍也》:“质胜文则野，文胜质则史，文质彬彬，然后君子。”

4　老庄，即老子、庄子。

5　风雅，即风雅之道，俳谐。

6　指岚兰于延宝三年（1675）入芭蕉门下。

7　古代贤人多在岩洞中修行或隐居，岚兰也想遁世隐居。

8　意为以自然为友。

9　由井，镰仓的由比滨。

10　金泽，今横滨市的区，面临东京湾，有金泽八景以及称名寺等镰仓时代的遗迹。

镰仓[1]，归时患病，终成不归之人。此乃是月二十七日夜之事。谢世于七十岁老母之先，弃养于七岁之幼子，不届五十，遗恨终天。为主君剖心沥胆而无悔之胸怀，却兰折于无情之秋风，泪湿衣袖，不胜凄怆。窃思弥留之际，老母哀怨，兄弟悲叹，传闻与挚友，犹如亲族之离别。念今年一月，携稚子之手访余草庵，乞为其子命名。余思王戎五岁目眩如电，[2]乃取戎字命名为岚戎。喜形于色，至今历历在目。生时不睦，死时怀念，已司空见惯，何况如父子、如手足，多年情同骨肉。音容宛在，凄厉惨切，泪沱漂枕。执笔缅怀，却才疏词拙，搁笔作罢，又耿耿于心，唯倚桌默对夕暮苍空。

秋风折桑杖，[3]
怀君独悲怆。

九月三日诣墓

我来谒君墓，
今日初七新月明，
一起看天幕。

---

1 镰仓，今神奈川县东南面的城市。与横滨市相邻，有镰仓幕府、源赖朝宅第、镰仓宫、和港八幡宫、建长寺、圆觉寺等遗迹。

2《晋书·王戎传》：戎“幼颖悟，神采秀彻，视日不眩，排楷见之目曰，戎木灿灿如岩下之电。”

3 桑杖，芭蕉把岚兰视为依靠的拐杖。岚兰的去世犹如自己失去了拐杖。另外，四十八岁为桑年，岚兰不到桑年，四十六岁就去世。

机铭[1]

闲时倚肘，养嗒焉吹嘘之气。[2]寂时解书[3]，探圣意贤才之神。静时挥毫，入羲之怀素之心。精巧此几，一物三用。高八寸，面二尺，两足雕乾坤双卦，[4]与潜龙牝马[5]之德。取之为一用乎，抑或二用乎？[6]

应兰子[7]索求。

元禄仲冬

---

1 此文大约写于元禄六年（1693）八月以前，最初见于史邦编撰的《芭蕉庵小文集》，元禄九年（1696）出版。

2 《庄子·齐物论》："南郭子綦隐机而坐，仰天而嘘，嗒焉似丧其耦。"

3 解开书匣的带子。

4 乾坤双卦，指易经的乾卦与坤卦。

5 潜龙牝马，《易·乾·文言》："初九曰：'潜龙勿用，何谓也？'子曰：'龙德而隐者也。不易乎世，不成乎名；遁世无闷，不见是而无们；乐则行之，忧则违这；确乎其不可拔，潜龙也。'"《易·坤·文言》："牝马地类，行地无疆，柔顺利贞。"

6 意为取乾坤二气为一个还是两个功能。

7 兰子，大概是岚兰。

嗒山饯别之辞[1]

塔山[2]因生计居江府[3]三月，余叫醒他早睡，他叫醒余午睡，两心相通，似寝食与共之人。今余送其回乡，拽杖蹒跚出门，不由共惜金秋。

武藏野茫茫，
一片枯草任君行，
斗笠无遮挡。

1　写作年代不详。最初见于杏庐编撰的《续寒菊》，安永九年（1780）出版。

2　此为误作。应为嗒山。大垣人，贞享元年，接芭蕉到大垣，与木因、如行唱和。元禄二年（1689），在江户与芭蕉、曾良、此筋唱和。

3　江府，即江户。

捣杵赞[1]

此物名捣杵。乃上流赏玩扶桑之奇物也。汝出自山间，原为山村低贱者所用之捣衣砧。昔称横锤，今称“花入”[2]，改名为贵人插花之器具。人应亦如此，居高位而不骄，处低位而不怨。唯世间如同横锤之变迁。

端详此捣杵，
昔日可是山茶树，
抑或是梅树？

1　此文写作年代不详。最初见于宽治编撰的《芭蕉句选拾遗》，宝历六年（1756）出版。

2　花入，插花器具。

译后记

记得是2000年，一次去叶渭渠先生家的时候，他说受河北教育出版社的委托，正在主编一套《东瀛美文之旅》的丛书，谈了初步设想，其中要有俳句，并要我负责这部分。他了解我的情况，知道我是最早与俳人接触的几个人之一，日本俳人协会会长大野林火第一次访华（1978年），我就参加接待，之后又接连翻译出版了《日本和歌俳句赏析》《怎样欣赏俳句》《现代俳句·汉俳作品选》（上下集）《日本现代短歌》《汉俳首选集》，以及专著《日本俳句史》等，所以他要我考虑一下具体如何遴选作品。我考虑江户俳谐三大家的作品多少有所介绍，但比较零散，缺乏系统性，松尾芭蕉的纪行文和俳文尚未全面介绍，于是想把芭蕉的这两部分文章全部收进去，编成一本。这个设想经和叶先生商量后，他当即表示完全赞成，书名定为《奥州小道》。译完后，于2002年出版。

俳文，是芭蕉发明的名称，也称为“俳谐的文章”“小俳谐之文”，即具有俳谐情趣的文章，简洁洒脱，讲究含蓄，多配有俳句。这是江户时代的俳人创作的一种诗歌性散文，其中诗歌的要素自然是俳谐，散文的要素主要指当时俳人意识的文学性和传统性的雅文。文字特色采取汉语与和语、雅语与俗语并用，文脉类似连句的省略和飞跃性，强调含蓄和余韵，流溢着一种音乐般的节奏和韵律，作者的意识力图超越世俗而表现风流飘逸的情绪。芭蕉的俳文充满静气。他的思想受我国古人的影响很大，但本质上还是倾倒于老庄，静心养气，气近于禅的感觉。当然，写俳文的不只是芭蕉，蕉门弟子以及与谢芜村、小林一茶等都创作这个文体。

芭蕉喜欢旅行，一生留下五篇纪行文。纪行文是这位行吟诗人的真实记录，清贫朴质的旅行，其目的主要不在于游山逛水，而是一种修行，探求人与自然的真谛，在于悟道——追求俳谐的风雅之诚。

他创作的纪行文从本质上也可以说是俳文。我们阅读本书收入的纪行文和俳文，一方面无疑可以欣赏芭蕉俳谐的艺术性，享受文学的韵味；另一方面，也可以了解芭蕉的俳论的本质，俳论与漂泊旅途上的思索产生什么样的关系，将旅次的诗歌与俳论结合起来也许可以更深入地理解芭蕉的艺术。大多数读者对芭蕉俳论的了解不是很多，通过纪行文可以对他的艺术观、俳谐观、人生观进行思考。

《奥州小道》是芭蕉最完整最优秀的纪行文，其中的俳谐绝大部分是他的代表作，被视为日本纪行文的白眉，标志着蕉风臻于圆熟。他的三大纪行文《野曝纪行》《笈之小文》《奥州小道》在日本文学史上睥睨群峰，其中的俳谐穷极风雅之道。

例如《笈之小文》开篇就列举西行、宗祇、雪舟、利休的名字，表示俳谐要吸收和歌、连歌、绘画、茶道等艺术的营养，“顺随造化，回归造化”，开风雅之道，道通为一。造化即大自然，万物即是造化的本质，在诗人眼里，即内心之诚、生命之诚。随着旅次上的深入思考，芭蕉将俳谐艺术与古人的文学精神直接融合一起，提出“闲寂（さび）”、“余情（しをり）”的理念，使得俳谐走进文学的殿堂。

“闲寂”即在中世的幽玄上增加枯寂的情调。当然不是题材表面的情调，而是作者捕捉对象时的心灵观照。“余情”在于俳谐的余韵，自然而生，不可强求。幽玄之理念与空寂之美学的接合使文学艺术带有强烈的象征性和神秘性。禅宗的“悟”在文学中往往表现为“神韵”，产生幽玄空寂的艺术效果。西行在物象中幻化闲寂之心境的风格对芭蕉影响甚大。

通俗地说，风雅之诚就是“高悟归俗”。“悟”乃心之悟，“心”乃俳谐之心。“俗”乃日常之生活、自然，这是俳谐立足的时间、场所，“俗”即俳谐的出发点。心存高远，回归自然，追求风雅。

再如《奥州小道》旅行之后，芭蕉开始提出“不易”“流行”的理论，以二者归一的方式发展他的艺术观。这部作品，芭蕉花费了四年的岁月，是他俳论成熟期的最大成果，“不易”“流行”在艺术上的体现就是“轻妙（軽み）”的风格，而“轻妙”正是风雅之诚的最高境界。如果没有奥州小道之旅，也就没有“轻妙”，芭蕉也就不会成为“俳圣”。

“不易流行”源自庄子。芭蕉将“不易”和“流行”这两个相反的概念结合在一起，是为了创造新的俳谐美，保持与和歌原本的一体性的“姿”（风体）。一般认为，所谓“不易”，就是超越时代之固有不变性；所谓“流行”，就是因时而变。芭蕉把天地变化不断创造的美称为天地固有的俳谐，把天地变化不断创造的心称为天地流行的俳谐。他说：“万代有不易，一时有变化。究于二者，其本一也。其风雅之诚也。”二者的相融从静态（不易）和动态（流行）两方面把握俳谐的本质，产生新的生命，求新求变的流行性格意味着不易的永恒性，二者归一，即芭蕉所说的“风雅之诚”。风雅之诚是根本，闲寂是境界，不易、流行是核心。

所谓“轻妙”，表现手法排除任何技巧修饰，观察对象更加从容淡然，用平淡如话的语言表现生活的日常性，力求平易脱俗，更加自由适性，这是他“应悟高迈之心而归俗”所追求的俳谐理想境界。

芭蕉的俳文可谓诗文珠联璧合，相得益彰，通过诗文共赏，希望读者获得更多更深的感受。

此次承蒙现代出版社的朱文婷女士的诚挚相邀，予以再版，谨致以衷心的感谢。我的几本日本传统诗歌的书都由她担任编辑，出于对诗歌的热爱，听说她最近创建一个“有诗”的出版品牌，意在介绍外国的优秀诗歌。在诗歌市场不太景气的现今，能有这样的热忱和自信，实属难能可贵。热切祝愿这个品牌越做越大，越做越好，提供丰富多彩的诗歌作品，以飨读者。

2019 年 12 月 14 日

歌川广重（Andō Hiroshige，1797—1858）

日本浮世绘大师。生于江户，原名安藤广重。与葛饰北斋、喜多川歌麿被日本学者尊为“浮世绘三杰”。代表作有《东海道五十三次》《名所江户百景》《近江八景》等。

有诗

打开世界的边界

风雅和歌系列　即将上市

日本人的“诗经”，写尽大和民族的传统、美学